Lu Bonin

Andere Leute und ich

Erlebtes und Erdachtes

Bibliografische Information der Deutschen Nationalbibliothek: Die Deutsche Nationalbibliothek verzeichnet diese Publikation in der Deutschen Nationalbibliografie; detaillierte bibliografische Daten sind im Internet über dnb.dnb.de abrufbar.

Herstellung und Verlag: BoD – Books on Demand, Norderstedt

ISBN 9783758371097

Inhaltsverzeichnis

I

Die Lesung

Jetzt geht's los.

Sie waren nicht mehr zu halten in ihrer hausbackenen, kreativen Schreibgruppe in dieser Kleinstadt am Rande Berlins.

Endlich weg von „Leckerli-für-Pfiffi"- und „Wie-meine-Zwillinge-nacheinander-laufen-lernten"- Geschichten.

Auf zu neuen Ufern in die große Stadt!

Neue Leute treffen und, wonach es sie dürstete, Kontakte zu Verlagen knüpfen, um die richtigen Profis der Schreibkunst kennenzulernen.

Pia und Conny hatten sich fest vorgenommen, über den provinziellen Tellerrand hinaus am Fluidum der großstädtischen Schreibszene teilzuhaben.

Die neue Schreibwerkstatt in der Hauptstadt gab ihnen Hoffnung, inspirierte Träume in die Reihen der Literaturszene zu schlüpfen. Lesungen im eigenen Kreis, viel besser noch von Verlagen initiiert, sollten ungeahnte Chancen erschließen, endlich als die Schreibtalente entdeckt zu werden.

Was lag näher, als dorthin zu eilen, sich unter bedeutende Leute zu mischen und einen Hauch der großen, weiten Schreibwelt zu erhaschen.

An diesem Mittwoch vor Weihnachten ist es so weit.

Natürlich weiß Conny, wo die Veranstaltung stattfinden soll, hat zwar die Karte vom Kulturverein mit Termin und Anschrift auf dem Schreibtisch liegen lassen, doch schließlich hatte sie lange genug in der Großstadt gearbeitet, um sich auszukennen.

Auf dem Weg dorthin Pia von zu Hause abholen und dann ab ins Zentrum.

Während der Fahrt amüsieren sich beide über den Wettbewerb der Vorgartenilluminationskünstler, mit noch mehr Lichterketten, Weihnachtsfiguren, noch mehr Blink-Blink scheinbar einen

Preis gewinnen zu wollen. Vermutlich ausgelöst von einer amerikanischen Filmkomödie, die Clarkie, den amerikanischen Spießer in seinem Weihnachtswahn glossiert.

„Kennst du den anderen Film auch, in dem die gleiche Familie Urlaub in Europa macht?", will Conny wissen und als Pia sich nicht genau erinnert, erzählt Conny kichernd die Szene, als sich die Amerikaner nach einem Besuch am Morgen von ihren vermeintlichen Verwandten in Deutschland verabschieden und der Hausherr seine noch immer verwirrte Frau fragt:

„Weißt du, wer die beiden waren?"

Die Fahrt vergeht kurzweilig.

Als Conny auf den Sehnsuchtsort gleich hinter dem Autobahnanschluss zusteuert, der bis vor einigen Jahren noch eine Großbäckerei war, protestiert Pia:

"Das ist nicht die ‚Backfabrik', da musst du noch ein Stück weiter fahren, die Umleitung entlang und dann wieder ein kleines Stück zurück."

„Nein, nein, das weiß ich genau, da bin ich vor kurzem gerade mal vorbeigefahren, was du meinst, ist die ‚Brotfabrik‘", versucht Conny aufzuklären.

Sie einigen sich darauf, eine Schleife zu fahren, um sich zu überzeugen, wer richtig liegt.

Das Stück weiter ist die „Brotfabrik". Doch ist die „Backfabrik" auch nicht da, wo Conny sie vermutet.

Pia fällt ein: „Na, Mensch, die ist doch im Friedrichshain, nähe Stadtmitte, da, wo es über den Prenzelberg geht, am ehemaligen Modeinstitut, die Straße fängt mit ‚S‘ an, wie heißt die denn bloß?"

Die Zeit läuft.

Conny ruft die Telefonauskunft an, lässt sich die Adresse der „Backfabrik" ansagen.

Nur noch die Prenzlauer hoch und natürlich erinnert sich jetzt auch Conny an den früher mit Mehlstaub überzogenen Klinkerbau, schließlich hatte sie etliche Jahre ganz in der Nähe gearbeitet und war daran oft genug vorbeigefahren.

Das nennt sich nun also „Backfabrik".

Einparken in der Tiefgarage und zum Endspurt ansetzen.

Die Lesung sollte um 20.00 Uhr begonnen haben, jetzt ist es kurz danach.

Großer Innenhof, sechs Stockwerke, vierzig Firmen, kein Hinweis, wo das große Ereignis stattfindet.

Treppe 'rauf, hin zu Räumen, deren Fenster erleuchtet sind. Wie selbstverständlich werden sie begrüßt, inmitten von schon beim zweiten oder dritten Aperitif angelangten Weihnachtsfeiernden, also falsch.

Treppe wieder runter, da drüben sind auch noch helle Fenster, ach so, hier tagt der Sparkassenverband, sorry.

Pia, die eingefleischte Werbefachfrau, beginnt inzwischen den Dilettantismus persönlich zu nehmen, dass hier kein Aushang ist, kein Hinweis auf die Veranstaltung.

Wo nun hin? Ach, ist ja interessant, stellt Conny für sich fest, hier dieses besondere Restaurant zu entdecken.

Gehört hatte sie schon davon, dass man hier alles im Dunkeln macht, also Essen und Trinken, um das sinnliche Erleben zu fördern. Die blinde Servierein verneint die Frage nach einer Lesung: „Hier bei uns heute nicht, aber fragen Sie doch mal den Securitymenschen, der muss sowas wissen. Der sitzt an dem anderen Eingang, Tür rechts und klingeln."

„Danke für den Tipp."

Der Securitymann hat die ganze Nacht Zeit, er nähert sich sehr langsam der Tür.

"Lesung? Hier nicht, müsste ich wissen."

„Danke!"

Pause - tiefes Luftholen.

„Bist du dir sicher, dass wirklich auf der Karte stand ‚Backfabrik', war es nicht doch die ‚Brotfabrik'?"

In Pia breitet sich Ärger aus, den Weg hierher etwa umsonst gemacht zu haben.

Conny ist sich immer noch sicher, richtig gelesen zu haben, aber auch bereit, noch einmal bei der ‚Brotfabrik' vorbeizuschauen - liegt sowieso am Heimweg.

14

„Wir hätten ja auch erst mal dort fragen können." Pia ärgert sich wegen der vergessenen Einladungskarte.

Also zurück, über Nebenstraßen die Sackgasse suchen, in der neben der „Brotfabrik" geparkt werden kann. Jetzt ist es schon fast neun Uhr. Sie gehen um das Haus herum, das mit vielen Plakaten für ebenso viele Filmvorführungen wirbt. Sie nehmen die Kneipe wahr, die kaum besucht ist, finden keinen Hinweis auf eine Lesung und gehen wieder zum Auto. Unfassbar, diesen großen Abend, die Möglichkeit der Begegnungen verpasst zu haben.

Conny schließt das Auto auf, will einsteigen.

Pia kann sich noch immer nicht abfinden: „Ich gehe jetzt noch einmal in die Kneipe fragen, das kann doch nicht sein!"

Conny schließt wieder zu, schlendert Pia hinterher, die käme ja sowieso gleich wieder, erreicht die Kneipe und sieht Pia hinter der großen Scheibe winken, sie solle hineinkommen.

„Hier ist die Lesung!", triumphiert Pia verschmitzt. Freut sich, doch noch zum Ziel gekommen zu sein. Eilig gehen sie den Weg zum Hinterzimmer, werden von der Wirtin gewarnt, dass soeben eine Pause vorbei sei und bereits wieder gelesen werde.

Doch nichts hält sie jetzt mehr auf.

Pia öffnet mit Schwung die Tür, die dem Autor, der gerade aus seinem Roman vorträgt, in den Rücken schlägt, weil man nicht ohne Absicht die Tische nahe an den Eingang gestellt hatte.

Den Zwischenruf der Dame vom Präsidium, hier sei eine geschlossene Veranstaltung, übertönt Pia energisch mit den Worten: „Wir wollen zur Lesung!"

Kein weiterer Widerstand, nur der Hinweis, dass dort hinten noch Stühle seien.

Ein wenig bissig beruhigt eine der Präsidiumsdamen das gestörte Publikum mit den Worten, dass man am besten erst weiterlesen solle, wenn gänzlich Ruhe eingekehrt sei.

Conny und Pia setzen sich, jedes Geräusch vermeidend, vorsichtig auf die Stuhlkanten und lauschen dem leidenschaftlichen Vortrag des Romanautors, der einen Ausschnitt aus seinem neuesten Werk vorträgt.

An der spannendsten Stelle, als der Autor eine erotische Szene detailliert schildert, fehlt ihm zum Weiterlesen ein Blatt. Sein Manuskript war durcheinandergewirbelt, ein Blatt sogar unter den Tisch gesegelt, als Pia und Conny stürmisch den Raum betreten hatten.

Das Publikum raunt, hatte es doch gerade die Stimmung der Romanszene aufgenommen.

Es dauert etwas, bis der begabte Schreiber seinen Vortrag fortsetzen kann.

Indessen werden Pia und Conny missbilligend gemustert.

Die Damen im Präsidium sind wahrscheinlich die von der bedeutenden Verlagsgruppe. So selbstbewusst und urteilssicher, wie sie sich nach dem Vortrag zum Text äußern, müssen sie die angekündigten Lektorinnen sein.

Conny ärgert sich beiläufig über ihre Schusseligkeit, die Karte mit dem Veranstaltungsplan nicht richtig gelesen zu haben, lässt sich aber bald gefangen nehmen von der nun folgenden Diskussion, Textbewertung nach Segeberger Kreis.

Diskussion? Textarbeit? Es war doch eine Lesung.

Wo sind überhaupt die anderen von ihrer neuen Schreibwerkstatt, die wollten doch auch alle kommen?

Die Diskussion entwickelt sich zu einem intensiven Werkstattgespräch, wie Pia und Conny es aus ihrer Schreibgruppe kennen.

Wieso hat überhaupt ein Mann gelesen? Es war eine Autorin angekündigt.

Kaum wagt Conny, einen Blick zu Pia zu schicken, die merkwürdig angespannt auf ihrem Stuhl sitzt, den Kopf gesenkt, so dass ihre halblangen Haare das Gesicht verdecken.

Doch es hält Conny nicht mehr, sie flüstert fast tonlos zu Pia:

„W i r   s i n d   h i e r   f a l s c h!"

Nur Pias Haarspitzen antworten mit eine Wippen.

Unbemerkt den Raum zu verlassen, ginge nur mit Tarnkappen, die unsichtbar machen.

Aufstehen und gehen, mitten in der Diskussion, noch einmal stören, bekennen, dass hier zwei Landeier am falschen Ort gelandet sind – oh, nein!

Pia und Conny reicht ein Blick aus, sich über die Situation und das folgende Verhalten einig zu sein.

Nur ein spitzer Schrei, ein lautes Lachen könnten ihre Spannung lösen, beides bleibt ihnen in den Kehlen stecken. Bloß nicht platzen! Tonlos weghecheln den Druck.

Selbstbeherrschung aus ihrem Job gewöhnt, beantwortet Conny im Anschluss an die Diskussion die peinliche Frage eines Werkstattteilnehmers nach dem Anlass ihres Hierseins.

19

Sie verweist mit Nonchalance auf die vermutlich fehlerhafte Information zum Ort der Lesung auf der Karte des Kulturvereins.

Sogar den Namen ihres Werkstattleiters und der Ansprechpartnerin bei der Volkshochschule will der Hobbyautor wissen, als sich die beiden ebenfalls als Freizeitschreiberinnen zu erkennen geben, worauf er wiederum einlenkt zu Inhalten der Werkstattarbeit und der Austauschmöglichkeiten beider Werkstätten...

Der Raum hat nur einen Ausgang.

Pia und Conny müssen sich noch der Begegnung mit einer Präsidiumsdame stellen, die in bester Zickenmanier parliert, dass man zukünftigen Zuspätkommern die Tür nicht mehr öffnen werde. Die vielen Störungen heute hätten das Maß gefüllt und wenn die beiden Neuen künftig kommen wollten, dann aber pünktlich um 19.30 Uhr und nicht fast zum Ende der Veranstaltung.

Pia und Conny haben nun noch die Kneipe zu passieren, in der die meisten

Werkstattteilnehmer inzwischen auf Bier oder Tee zusammensitzen.

Im Hinausgehen hören sie jemand fragen: „Weißt du, wer die beiden waren?"

Auf dem übersichtlichen Vorplatz der „Brotfabrik" wagen sie nicht, sich anzusehen, laufen so schnell es geht zum Auto und fahren schleunigst aus dem Blickfeld der Kneipe Richtung Heimat.

Sie können nicht widerstehen, noch einmal zu der ehemaligen Großbäckerei am Stadtrand zu fahren, die direkt auf dem Heimweg liegt, ob nicht irgendwo ein Hintereingang wäre mit einem Tor zu der versäumten Lesung, um ihren Irrtum wenigstens vor sich selbst zu rechtfertigen.

Als sie um das Gebäude herum fahren, hinter eine außer Betrieb gesetzte Schranke, um auch auf dem Hof nachzuschauen, schrillt eine Alarmanlage. Rote Lampen kreisen rhythmisch im Einklang mit dem Heulen einer Sirene.

Es ist endgültig Zeit, die Großstadt zu verlassen.

Im Rückspiegel sehen sie die Polizei mit Blaulicht auf die ehemalige Großbäckerei zufahren.

Auf Nachfrage am nächsten Tag in der „Backfabrik" unter der auf der Einladungskarte angegebenen Adresse und Telefonnummer erhalten sie die Auskunft, dass die Leseabende mangels Beteiligung eingestellt worden seien und es wohl ein Versäumnis der Kulturverwaltung sein müsse, nicht rechtzeitig darüber informiert zu haben.

Leber und Salbei

Der Arbeitsaufenthalt in Köln war nicht sonderlich aufregend.

Einzig interessant an dieser Messe war, die Kollegen aus den verschiedenen Gegenden Deutschlands zu treffen und freundlich amüsiert wieder einmal bestätigt zu bekommen, dass landläufige Vorurteile über regionale Eigenschaften mitunter tatsächlich zutreffen.

Unser Kölner Kollege war ein echter Vertreter Rheinländischer Lebensart. Unterhaltsam seine Geschichten über zahlreiche Karnevalssessionen mit prominenten Vertretern aus der Zunft, sowie, was für ihn am wichtigsten ist, vor allem des Fernsehens. Mit diesen Feiern, deren Vor- und Nachbereitung fast das ganze Jahr beschäftigt, gab er uns das Gefühl, dass dies sein eigentlicher Lebensinhalt sei, nicht etwa die Arbeit, um derer willen wir hier zur Messe gekommen waren.

Herrn Tönnis Nase beeindruckte: Normale Größe, ihre Spitze sehr gut durchblutet, weshalb sie rot bis lila leuchtete und größer erschien als sie war.

Kombinierte man beide Beobachtungen, schien nur ein Schluss übrig: Er sprach scheinbar mit Verve allen Genüssen des Lebens zu, besonders dem Wein. Mit seinem sanften, angeborenen Charme bezog er uns für einige Tage in seine Art zu leben ein. Gern ließen wir uns eines Abends von ihm in ein Lokal führen, das er uns als Geheimtipp empfahl. Es befand sich gegenüber dem Theater des großen Sohnes und Ehrenbürgers der Stadt Köln, des Volksschauspielers Willi Millowitsch.

Unscheinbar, dieses Lokal direkt an der großen Aachener Straße im Erdgeschoß eines mehrstöckigen Bürgerhauses aus dem 19. Jahrhundert. Ein winziges Schild gab Auskunft über den Namen des Inhabers. Die Straßenfront des Lokals bestand lediglich aus einer großen Schaufensterscheibe, einem zurückgesetzten Eingang mit einer Holztür mit Glaseinlagen, deren etwas ramponierter Rahmen auf ihr Alter schließen ließ. Unsicher fragend sahen wir unseren Stadtführer an, vertrauten am Ende aber doch auf seine Erfahrung, schließlich wohnte er keine hundert Meter von diesem Ort entfernt, war hier Stammgast. Von der Eingangstür des Lokals aus zeigte er uns die Fenster seiner Wohnung.

Wir traten also durch die kleine Eingangstür in einen Raum, eine kleine Schankstube, sparsam möbliert mit sechs Tischen. Drei freie Stühle schienen auf uns gewartet zu haben, direkt an einem an die Wand gequetschten Tisch, gerade Platz für drei Teller und Gläser.

Die Wände des Raumes geweißt, schmucklos. Schlichte dunkle Holzstühle und eben solche Tische, mit weißen, ungestärkten Tischtüchern bedeckt, auf den ersten Blick ungepflegt. An der Wand neben dem Tresen eine schwarze Tafel: die

Speisekarte, geschrieben mit weißer Kreide, einzusehen von jedem Platz des kleinen Gastraumes. Am Tresen fünf junge Männer, pomadefrisiert. Schlicht, doch sehr gepflegt mit schwarzen Hosen und weißen, am Hals offenen Hemden gekleidet. Viel Personal für diese kleine Gaststube. Sie hatten keine Eile, uns zu bedienen, ließen, so schien es, erst einmal die besondere Atmosphäre auf uns wirken.

Unser lokalkundiger Begleiter half uns bei der Auswahl unseres Menüs. Weniger, weil wir Hunger gehabt hätten, waren wir hier eingekehrt, mehr wegen der Geselligkeit.

Die Zeit des Wartens auf unser Essen füllten wir mit unseren Gesprächen über Gott und die Welt im allgemeinen und besonderen. Es war interessant, das Kommen und Gehen in diesem Lokal zu beobachten. Erstaunlich viele Leute fanden den Weg hierher. Sie verschwanden alle hinter einer Tür im Rücken des Tresens, wo es scheinbar noch weitere Räume gab, für Stammgäste vielleicht. Unser angeregtes Gespräch, die blumigen Schilderungen unseres Gastgebers ließen keine Langeweile aufkommen.

Versöhnt nach einiger Wartezeit auf unser Essen wurden wir mit einer traumhaften Bruschetta – der Speise der Römer, die jene schon zu Neros Zeiten bei Festspielen im Kolosseum zu sich nahmen. Ein Gedicht aus dem festen Fruchtfleisch der Tomate, vereint mit kleinsten, gerade noch mit der Zunge zu erahnenden Stückchen Knoblauchs, geschwenkt in duftendem Olivenöl und gekrönt mit frischem, gehacktem Basilikum. Alles zusammen fand seinen Platz auf handlichen, kross gerösteten und ebenfalls mit Olivenöl und Knoblauch behauchten Weißbrotscheiben. Über eine Serviette, nur mit einer Hand gehalten, führten wir unsere Bruschetta zum Mund, sorgsam darum bemüht, keinen noch so kleinen Krümel von dieser die Sinne anregenden Köstlichkeit zu verlieren. Keine Chance zu verhindern, dass das feine Olivenöl sich einen Weg entlang unserer Mundwinkel suchte. Schnell tat die Serviette ihren Dienst. Klares, kühles Wasser erfrischte nach dieser kaiserlichen Vorspeise Zunge und Gaumen.

Bis unsere Antipasti serviert wurden, labten wir uns an einem kühlen, leicht blumigen Soave, der Appetit machte auf die nun folgende körperwarme Komposition aus bissfest gegrillten Champignons, duftenden Zucchini und fein gegarten Auberginen sowie auf der Zunge zerschmelzenden, verschiedenen Paprikasorten.

Alles zusammen war auf einem großen Teller als Gemälde für das Auge übersichtlich angerichtet, mit einer Melange verschiedener Mittelmeerkräuter aus Rosmarin, Basilikum, Thymian und Knoblauch bedacht, in denen der vergangene Sommer Italiens noch mitschwang. Sparsam hatte der Meister der Küche die Gewürze dosiert, nur allerbestes, leichtes Olivenöl verwendet, damit jedes Gemüse in Szene gesetzt, seinen jeweiligen Eigengeschmack behielt und auf diese Weise unseren Genuss vervielfältigt.

Dieses einfache Lokal, das Personal, das einem Visconti-Film entstiegen zu sein schien, die illustren Gäste und die Qualität der Speisen erzeugten eine besondere Atmosphäre, regten immer wieder zu neuen Gesprächsthemen an, auch unsere Beziehungen zueinander betreffend. Das gemeinsame Bewusstsein, dass Unterschiede und Gleichheiten der Menschen nicht durch regionale Herkunft, sondern grundsätzliche Haltung zum Leben bestimmt werden, schuf Vertrautheit. Wir kannten unseren Kölner Kollegen schon einige Jahre, hatten zu ihm ein freundliches bis herzliches Verhältnis, was in unseren übereinstimmenden Lebensauffassungen gründete und in keiner Weise davon beeinflusst war, dass er im Westen zu Hause war und wir im Osten Deutschlands lebten.

Fast vergessen hatten wir über unsere Gespräche, dass uns noch ein kulinarischer

Höhepunkt bevorstand und wurden in unserer inzwischen bisweilen hitzigen Debatte überrascht, als ein Kellner sich mit dem Hauptgericht näherte. Allein der Anblick löste bereits Genuss aus, der durch den köstlichen, fast erotisierenden Duft dieser Speise bestärkt wurde.

Sorgfältig angerichtet in Form eines S, glänzten matt elfenbeinfarben, nicht zählbare, hauchdünne Scheiben der einfachen Feldfrucht als Kartoffelgratin. Die in feinem Käse mit zurückhaltendem Aroma gekleideten Kartoffelscheiben waren eine Liaison eingegangen mit der vorsichtig in Olivenöl und einem Hauch von Butter gebratener Kalbsleber, mit feinsten Knoblauchscheiben und krossen Salbeiblättern gewürzt. Beides zusammen dazu gedacht im Mund zu schmelzen.

Ein Gefühl, als äßen wir zum ersten Mal in unserem Leben.

Eine Abwechslung für die Geschmacksknospen, das sahnige Kartoffelgratin, die auf der Zunge zergehende Kalbsleber. Zwischendurch bekam der unverzichtbare, subtil das Gericht unterstreichende Knoblauch seine Würde und setzte einen Kontrapunkt mit dem angenehm, leicht herben Geschmack des knusprigen Salbeis. Sinnliche Höhepunkte, Erotik des Essens.

Ein sanfter vollmundiger Rotwein rundete dieses königliche Mal ab, neutralisierte wohl unsere Geschmacksknospen, erhielt aber noch eine Weile die betörende Wirkung dieses Konzerts der Gaumenfreuden.

Danke Tönnis für diesen Abend!

Von der wundersamen Rettung einer Erdbeertorte

Kreceks wohnten bis zum Kriegsende 1945 in Berlin, fühlten sich aber seit den 1930'ger Jahren in ihrem Garten nördlich der Hauptstadt am wohlsten. Sie genossen den Aufenthalt an den Wochenenden in der frischen Luft am Waldesrand und luden sich dorthin regelmäßig Gäste ihrer feinen Berliner Gesellschaft zum Feiern ein.

An diesem sonnigen Juniwochenende hatte Gertrud eine besondere Überraschung vor: Erdbeertorte von den ersten im eigenen Garten geernteten Früchten des Jahres. Als Frühaufsteherin nutzte sie die kühlen Morgenstunden alles vorzubereiten, stellte die Erdbeertorte zum Festwerden des Tortengusses in den Schatten der Laube. Einen Teller müsste sie noch holen, die feine Torte abzudecken, fiel ihr ein, doch in diesem Moment hörte sie ein leises Stöhnen von nebenan.

„Guten Morgen Mimi", rief sie über den Zaun, als sie Mimi Hirsch mit dem vollen Wäschekorb die Kellertreppe heraufkommen sah.

„Auch guten Morgen, Nachbarin! Wie war die Woche in Berlin? Erwartest du heute wieder deine netten Gäste?"

Sieben lange Tage waren seit ihrem letzten Plausch vergangen, wichtige Nachrichten unaufschiebbar auszutauschen, bis Mimi Hirsch Gertrud schließlich erinnerte, dass sie heute noch Gäste und viel zu tun hätte. Im Gegensatz zu den kinderlosen Kreceks, hatte Mimi ihre kleine Tochter zu versorgen, musste mit dem Wäschehängen fertig werden und ins Haus. Gertrud durchfuhr ein Schreck, wie schnell die Zeit vergangen war. Sie stand immer noch an derselben Stelle wie zu Beginn ihrer Plauderei, drehte sich eilig um, um schnell ins Haus zu gehen und stand plötzlich mit einem Fuß fast gänzlich in der Erdbeertorte, die sie über den Plausch völlig vergessen hatte. Ein spitzer Schrei elektrisierte Mimi Hirsch, die sofort erkannte, was passiert und Rettung nötig und möglich war. „Halt den Fuß hoch, ich komme", schrie sie, lief in ihre Küche ihr großes Messer zu holen. Eilig rannte sie erst von ihrem Grundstück auf die Straße, dann zum Gartentor der Nachbarn und den langen Gartenweg bis zu Getruds Laube. Gertrud stand noch immer wie versteinert und hielt sich, so gut es ging, an der Laubenwand fest. Mimi Hirsch gab ihr Bestes. Sauber schabte sie vom nackten Fuß der Kuchenbäckerin den Tortenguss, strich ihn wieder auf den Erdbeeren glatt. Gertrud stand zwar erleichtert, doch mit einigen Zweifeln und dem nun klebrigem Fuß neben Mimi und der Torte. Sie blickten sich in die Augen, seufzten tief zur gleichen Zeit und waren sich still einig, dass niemals ein Wort über das eben Geschehene über ihre Lippen käme. Gertrud beeilte sich, den Teller zum Abdecken der kostbaren Torte zu holen. Mimi lief schnell zu ihrem Kind und kicherte in sich hinein.

Es war noch genug Zeit zum Festwerden des Tortengusses.

Am Nachmittag stellten sich wie erwartet die Berliner Gäste ein. Hatten die Gelegenheit genutzt, der Welt ihre neueste Errungenschaft zu zeigen, Autos mit offenem Verdeck. Sie waren diesen modernen Automobilen mit lautem Hallo und fröhlichem Gelächter entstiegen. Die Frauen staksten in Stöckelschuhen über den langen Gartenweg bis zu Kreceks Laube. Sie trugen selbstverständlich Hüte zu ihren Sommerkleidern nach der neuesten Mode, rauchten sogar im Laufen Zigaretten in langen Zigarettenspitzen. Die Herren schmauchten beim Gehen ihre Pfeife und lüfteten dezent ihre Strohhüte, freundlich auch zu den Nachbarn. Die Tafel war gedeckt, es duftete nach gutem Bohnenkaffe. Mit „Ah", „Oh" und „Wie wunderbar!", fielen Komplimente für Gertruds perfekte

Vorbereitung, sowie in freudiger Erwartung auf den Genuss der frischen Torte und den geselligen Sommerabend überhaupt.

Mit stolzer Miene hatte Gertrud auch noch gute Schlagsahne zu ihrer wunderbaren Erdbeertorte kredenzt, der kein Unglück mehr anzusehen war.

Etwas stiller als sonst ließ Gertrud das bunte Treiben geschehen.

Das Lob der Gäste für die perfekte Frühsommertorte war überschwänglich: „So herrlich die Torte mit den frischen Beeren, direkt aus dem Garten", einer der Herren. Seine Frau ergänzte: „Wie immer, liebe Gertrud, vorzüglich, wie alles, was du uns auftischst."

Gertrud senkte scheinbar beschämt und in großer Bescheidenheit ihre Augenlieder. Ihr gekonnter Augenaufschlag, der an die Dietrich erinnerte, betörte wie immer vor allem die galanten Herren. Nun entspannt, nahm sie gern die Komplimente für dieses gelungene Fest entgegen.

Der weitere Tag verlief wie viele davor in bester Feierlaune und mit dem Versprechen, gern und bald wiederzukommen.

Niemals hat jemand außer Gertrud, Mimi und der Erzählerin von dem morgendlichen Tortenunfall erfahren.

Ein Tag, fast wie jeder andere

Altweibersommer, Staub wirbelt in Sonnenstrahlen, die noch mit Kraft durchs Fenster fallen.

Gertrud hat zu den selbst geernteten Kartoffeln Bouletten und Zuckerschoten mit Möhren auf dem Speiseplan, ein Lieblingsgericht.

„Geh mal in den Garten und hol Petersilie!" trägt sie ihrem Mann auf.

Helmut gehorcht.

Obwohl es warm ist, trägt Helmut seine baumwollene Trainingshose, die ihm um die dünnen Beine schlackert. Über dem grauen, gestrickten Pullover wie immer die dicke Daunenweste um den mageren Körper. Aus dem Kragen schaut der scheinbar halslose Kopf mit dem schütteren, graublonden Haar hervor.

Helmut erinnert an einen aufgeplusterten Vogel.

Nach mehr als fünfzig Jahren Ehe verstößt keiner mehr gegen gewachsene Regeln.

Helmut versucht sich zu beeilen, läuft auf müden Beinen und mit kurzem Atem in den Garten, bringt Gertrud das gewünschte Grün.

„Blödling", straft sie ihren Mann sofort ab, als Helmut ihr statt Petersilie ein Büschel Mohrrübenkraut gibt und schickt ihn erneut hinaus. Beschreibt ihm genau die Stelle hinter den Johannisbeersträuchern, wo die Petersilie steht.

Helmut trollt sich, kommt dieses Mal mit Petersilie in die Küche. Er legt anschließend das Besteck auf den Tisch in der guten Stube mit der vom Rauchen gelben Tapete.

Gertrud bringt nacheinander die beiden Teller mit dem aufgefüllten Essen.

Sie hält sich mit einer Hand am Türrahmen fest, um die Stufe zwischen der Veranda und der guten Stube des Gartenhauses zu überwinden.

Sie sitzen sich in den großen Clubsesseln gegenüber, dazwischen der Couchtisch.

Helmuts linker Arm gehorcht nicht mehr. Er hängt, wenn Helmut sitzt, zwischen seinen gespreizten Beinen herunter. Es macht Helmut Mühe, nur mit der rechten Hand das Essen mit der Gabel aufzunehmen, ohne den Teller zu verschieben.

Helmuts künstliches Gebiss ist zu groß geworden mit den Jahren, macht beim Essen klappernde und schmatzende Geräusche.

Gertrud isst mit Leidenschaft, stopft große Happen in den Mund, bekommt schlecht Luft und schnieft hin und wieder durch die Nase. Manchmal schiebt sie das Kinn vor, die Unterlippe nach innen eingerollt, über die Oberlippe.

Sie ist zufrieden, heute nicht alleine essen zu müssen, wie an den Tagen, wenn Helmut nicht aufsteht, weil es ihm zu warm, zu kalt, zu dunkel oder er zu faul ist.

Dass er sich wieder nicht gewaschen hat, übersieht sie.

Die Teller sind leergegessen.

Gertrud zündet eine Zigarette an, reicht sie Helmut. Sie nimmt eine zweite, zündet sie an, steckt sie in die Zigarettenspitze und saugt den Rauch tief ein.

Sie hält die Zigarettenspitze dicht neben der rechten Schläfe. Ihr Ellenbogen findet Halt auf der Tischplatte. An Gertruds Handgelenk funkelt wie immer, wenn sie nicht im Garten zu tun hat, das massiv goldene Gliederarmband, besetzt mit feinsten Diamantsplittern – Vorkriegsarbeit, letztes Requisit ihrer Jugendträume. Kann ihre Zweizentnerfigur in der bekleckerten Kittelschürze nicht überstrahlen.

Mit einem nicht ganz vollendeten Augenaufschlag, der zu ihr gehört, wie ihre vom Rauchen kehlige Stimme und ihr weißes Haar, sieht Gertrud ihren Mann an, wie er mit leeren Augen an die Wand starrt.

Ihr Blick fällt auf das Foto auf der Musiktruhe aus den fünfziger Jahren. Es ist ein Foto von Helmut in jungen Jahren. Eleganter Sommermantel, der Hals mit einem Seidenschal umhüllt, auf dem Kopf einen Homburger.

`Tja, so hatte ich mich damals mit ihm ins Kempinski getraut, unsere Hochzeit da gefeiert in den dreißiger Jahren, aufm Ku – Damm`, sinniert Gertrud. `War ja schon ein spätes Mädel, musste Vaters Geschäft allein führen, nach seinem Todessturz vom Dach. Nobel sah Helmut aus, benahm sich auch so, als ich ihn das erste Mal gesehen hatte, im „Kranzler". - Pah, ein Blender war er, blieb immer nur Anstreicher, keinen Mumm, keinen Ehrgeiz hatte der. Noch nicht einmal Kinder haben wir bekommen. Und dann dieser Scheißkrieg, alles ist kaputt gegangen. Nischt mehr mit nobler Berliner Gesellschaft.`

Helmuts Räuspern reißt Gertrud aus ihren Gedanken.

„Dass du nach so vielen Jahren noch immer nicht Mohrrübenkraut von Petersilie unterscheiden kannst! Naja, Idiot bleibt Idiot", wärmt sie den Streit von vorhin noch einmal auf.

„Du hast det jrade nötig", kontert Helmut „denk doch mal dran, wie de nebenan bei Jädickes die Vogelmiere jeklaut hast, weil de jedacht hast, det wär `ne besondre Steinjartenpflanze!"

„Zwerg", grunzt Gertrud vor sich hin, schnauft.

Was jetzt kommt, erwartet Helmut gelassen.

„Hätte ich dich doch nie geheiratet, so einen Versager, wär` ich doch bloß mit meinem Verlobten zusammen geblieben."

„Dann hättest de nich sein nagelneuet Auto zu Schrott fahrn solln, weil de die Vorfahrtsrejeln nich kanntest und ihm obendrein noch det Bügeleisen an` Kopf werfen dürfen, als er dich zur Rede jestellt hat", entwaffnet Helmut seine Frau scheinbar endgültig zu diesem Dauerthema.

Sie nimmt die Zeitung und schlägt sie ihm auf den Kopf: "Das geht dich gar nichts an, du hast kein Recht, dazu überhaupt etwas zu sagen", keift sie.

Helmut nimmt seinen Teller, trägt ihn in die Küche.

Auf der Ablage unter der Tischplatte liegt eine Reservedose gute Seife, die Gertrud blitzschnell greift und Helmut wütend hinterher wirft.

Obwohl Helmut das Geschoß trifft, geht er unbeirrt weiter, lässt die Seife liegen, ist nicht seine Art in gleicher Weise zu reagieren.

Er weiß, Gertrud ärgert sich am meisten, wenn er wieder ins Bett geht am hellen Tag.

Als er sich das Deckbett über den Kopf zieht, nur die Nasenspitze frei lässt, um Luft zu bekommen, blitzt in seinen Gedanken eine temperamentvolle, vollbusige junge Frau auf.

`Dieset Vollweib, taubenblauet Seidenkleid, kastanienbraune Haare unterm Florentiner. Frech war die, wie se da jesessen hat im „Kranzler" und mit de Beene jebaumelt, eent überm andern, die Zijarettenspitze uff halber Höhe. Uffjepasst hatt se, damit se den Florentiner nich ansengt. Und wie se jekickt hat, mit ihr'm Schlafzimmerblick, wie die Dietrich, man war ick verknallt, jleich beim ersten Mal, wie ick se jesehn habe.`

Über diese Gedanken schläft Helmut ein.

Die Tage vergehen, einer gleicht dem anderen.

Wochen, Monate sind vorbei. Im Garten war Helmut lange nicht mehr, bleibt immer öfter liegen. Das neue Jahr ist drei Wochen alt, als Helmut nach dem Mittagsschlaf zu Gertrud in die gute Stube kommt.

Noch immer müde, legt er sich auf das Sofa neben dem Clubsessel, in dem Gertrud sitzt, eine Zigarette nach der anderen raucht, versucht dem Fernsehprogramm zu folgen.

Mitternacht ist lange vorbei. Gertrud schaltet den Apparat aus, stupst Helmut an, ins Bett zu gehen.

Er reagiert nicht. Sie spricht ihn lauter an, dann leise, lauscht – nichts.

Gertrud atmet tief durch.

Sie richtet Helmut mit Mühe auf, setzt sich neben ihn. Nimmt ihn in ihre Arme, umschließt ihn mit ihrer Leibesfülle, meint, ihn noch wärmen zu müssen, wartet, fest an ihn geschmiegt, auf den Morgen.

Mit Mühe quält sie sich zum Gartenzaun, um den jungen Nachbarn um Hilfe zu bitten, der Einzige, der um diese Zeit erreichbar ist. Sie beeilt sich, ins Haus zurückzukehren, um ihren Mann weiter zu umarmen. Mit Gewalt muss sie von ihrem Gefährten getrennt werden, als die Ärztin den Tod des Mannes feststellen will.

Die Bestatter kommen schnell. Gertrud besteht darauf, ihren Mann zu Hause im

offenen Sarg aufzubahren. Seine in West-
berlin lebende Schwester soll Gelegenheit
haben, sich von ihm zu verabschieden. Ungewöhnlich für diese Gegend und in dieser
Zeit, befinden die Bestatter. Die letzte Heim-
aufbahrung hätte es 1953 gegeben. Doch sie
fügen sich. Der Nachbar hilft, Helmut aus
den alten Sachen zu schneiden, ihm ein To-
tenhemd anzuziehen. Sie legen Helmut in
den Sarg und deckten ihn mit einer hellsei-
denen Decke zu. Es ist Januar, kein Frost,
doch eisig kalt. Der Sarg steht in dem großen Vorraum, in dem es keinen Ofen gibt,
nahe der Küchentür. Gertrud kann ihn von
ihrem Sessel aus jederzeit sehen, wenn sie
die Schiebetür zum Wohnzimmer einen
Spalt offen lässt. Neben das Kopfende des
Sarges stellt sie zwei silberne Leuchter mit
weißen Kerzen. Wenn die Kerzen flackern,
scheint sich Helmuts Gesicht zu bewegen.
So lange, bis Helmuts Schwester käme,
bliebe der Mann im Haus im offenen Sarg
aufgebahrt, hält Gertrud für nötig.

Nachspiel oder Zeichen aus dem Jenseits

Die Witwe brauchte Tost. Selbstverständlich sah ich nach ihr nach meinem Tag im Büro.

Ich lief durch Gertruds Vorgarten, der einem verwilderten Park glich und in Finsternis gehüllt war. Dichte Büsche standen zwischen hohen Kiefern, die sich im Wind wiegten und knarrten. Kein Stern am Himmel. Dunkelgraue Wolken ließen Regen erwarten. Die Luft war feucht.

Ich fand Gertrud gefasst vor. Sie tauchte an diesem Abend tief in Erinnerungen ein, erzählte von fröhlichen Festen in jungen Jahren an der Seite ihres Ehemannes, hier im Garten mit Freunden. Ich hörte nichts Neues, kannte jedes Detail ihrer Geschichten aus immer und immer wiederholten Berichten im Laufe der Jahre unserer Nachbarschaft.

Gertrud rauchte so viel, dass ich mehrmals den Aschenbecher leeren musste. Der

Weg in die Küche zum Mülleimer führte an dem offenen Sarg mit dem toten Helmut vorbei. Mich schauderte. Das Holz des Sarges hatte einen beißenden Geruch, der in der Nase lange hängen blieb. Ich versuchte die Luft anzuhalten. Die flackernden Kerzen warfen unregelmäßige Schatten auf Helmuts Gesicht. Bewegte es sich? Wind peitschte Regen an die großen Fensterscheiben, hinter denen der dunkle, verwilderte Garten nur noch zu ahnen war. Auf dem Weg zurück in die Wohnstube fühlte ich imaginäre Blicke. Ich wagte es nicht, mich umzusehen, zu dem Toten hinter mir, fühlte, wie sich meine Haut auf dem Rücken zusammenzog.

Gertrud erzählte weiter. Was sie sagte klang nach Abrechnung. Sie steigerte sich bei jedem Satz, schien vergessen zu haben, dass Helmut da draußen aufgebahrt lag.

Ein Blender sei er gewesen, zu nichts nütze, faul und blöd. Gertruds Blick war unruhig beim Sprechen. Für jede negative

Eigenschaft Helmuts wartete sie mit Beispielen auf, beschwor Vergangenheit herauf.

Mich beschlich ein ungutes Gefühl.

Endlich wurde sie müde, die Erlösung. Ich durfte nach Hause gehen. Es regnete noch immer.

Beim Hinausgehen bemühte ich mich, den Blick an dem Sarg vorbeizulenken, beobachtete ihn aber vorsichtshalber aus den Augenwinkeln.

Ich ging hinaus, zog mit beiden Händen die verquollene Haustür unter großem Kraftaufwand zu, wobei die stattliche Messingglocke über der Tür wie immer kräftig schellte.

Der lange Gartenweg lag noch vor mir, mit den alten hohen Kiefern, die bis ans Haus standen. Ich lief einige Schritte, als ich plötzlich einen deutlichen Hieb auf dem Hinterkopf spürte, wie ein Katzenkopf, mit dem die Jungs in meiner Schulzeit noch hin und wieder zur Ordnung gerufen wurden.

Mein Atem stockte einen Moment. Das Herz fing an zu rasen, ich bekam keine Luft. Der Schreck schnürte mir die Kehle wie mit eiserner Hand zu. Einen Augenblick lang schien ich versteinert gewesen zu sein, ehe sich meine Beine wieder in Bewegung setzten.

Mich umzusehen wagte ich nicht. Ich lief mit schnellen Schritten den unbeleuchteten, holprigen Weg zum Gartentor, einige Meter auf der Straße zum eigenen Haus. Mit zittriger Hand versuchte ich, den Schlüssel ins Schloss der Haustür zu stecken. Ein Alptraum. Ich verfehlte immer wieder das Schlüsselloch, konnte das Zittern der Hände nicht beherrschen. Dann, endlich gelang es mir. Am ganzen Körper bebend, schloss ich die Haustür hinter mir ab, ging zu meinem Mann und atmete erlcichtert auf, als die vertraute Umgebung mich einhüllte.

Es war klarer Himmel und noch etwas hell, als ich am nächsten Abend wieder zu

Gertrud ging, um nach ihr zu schauen. Ich suchte nach dem zuvor nie bemerkten Kiefernast, der, wie ich annahm, vom Regen schwer, mich gestern getroffen hatte. Da war ein Ast, der hing jedoch so hoch, dass ich ihn selbst mit ausgestreckter Hand nicht greifen konnte. Wieviel Regen kann so ein Ast aufnehmen, dass er sich mehr als einen halben Meter absenkt?

Hatte Helmuts Geist, der noch das Haus zu umkreisen schien, mich gestern abgestraft, dass ich seiner Frau so widerspruchslos bei ihren Schmähungen zugehört hatte?

Ein Rätsel, das ungelöst bleibt.

MÜSSEN WIR ALLES UND UM JEDEN PREIS TUN, NUR WEIL WIR ES KÖNNEN?

Kapitel I

Professor Hanno Gebert konnte auf einen erfolgreichen Abschluss seiner zehnjährigen Forschungsarbeit zurückblicken.

Bequem lag er in seinem Liegesessel, der seit zwei Jahren mitten im Labor stand, weil Gebert, als er seinem Forschungsziel immer nähergekommen war, jeden Schritt seiner Arbeit eigenen Auges überwachte. Also hatte er immer öfter in dem großen, gut beheizten Glaspavillon, dessen Innentemperatur niemals unter 15°C fallen durfte, nicht nur die Tage, sondern auch die Nächte verbracht.

Heute war die Zahlung für den letzten verkauften Gurkensamen eingegangen, pünktlich. Allerdings bei 90 Tagen Zahlungsziel, die man ihm abgepresst hatte, eine lange Zeit. Lang genug, davon auszugehen, dass sein Samen bereits in den Gewächshäusern Deutschlands Keime trieb. Der Professor kicherte in sich hinein bei dem Gedanken, dass ihm die großen Handelsketten den neuen Samen buchstäblich aus den Händen gerissen hatten.

Natürlich war Hanno Gebert in der Branche jedem bekannt. Seine Fachvorträge und Seminare über die Auswirkungen der verunreinigten Abwässer auf den Wasserhaushalt der Volkswirtschaft waren begehrt und hatten manchen Fachmann, mehr noch die Fachfrauen der Handelsunternehmen schon sehr zum Nachdenken gebracht. So musste er keine Klinken putzen, als er seine Gurkensamen, gepriesen als Zufallsergebnis seiner biochemischen - biotechnologischen Forschungen unter die Leute bringen wollte.

Er war scheinbar ganz Praktiker geworden und hatte sich, wenn auch spät, doch noch den Gesetzen der Marktwirtschaft gebeugt.

54

Sein zwangsläufiger Rückzug aus dem Universitätsleben war lange her. Zu radikal hatte der Humanist Änderungen gefordert: Umkehr! Zurück zur Natur! Warnte in Erkenntnis seiner jahrelangen Forschungen davor, sich die Natur immer noch weiter unterwerfen zu wollen, sie rigoros auszubeuten, jedes Mittel einzusetzen, was irgendwie geeignet war, Profit zu generieren. Dabei versäumte er nicht, immer wieder auf die bereits bestehenden weitreichenden Schäden hinzuweisen, deren massive Auswirkungen die Menschheit noch nicht in der Lage war, vollständig zu überblicken.

Den dringenden Rat des neuen Präsidenten der Berliner Universität seine Ansichten den Gesetzen der Markwirtschaft moderat anzupassen, empfand Gebert als Zumutung, Verrat an seinen humanistischen Idealen, die er seiner Forschung immer zugrunde gelegt hatte. Er zog andere Konsequenzen:

Die neuen gesellschaftlichen Verhältnisse zu Beginn der 1990'er Jahre erlaubten ihm, sein eigenes Unternehmen zu gründen und seine Forschungen zwar unter schwierigsten finanziellen Bedingungen, aber dennoch in seinem eigenen Sinn weiterzuführen.

Professor Geberts Wissen war ein Verlust für die Universität, für ihn selbst jedoch die Grundlage seines Unternehmens.

Diesem Mann, auf den ersten Blick manchmal zu übersehen, weil nicht sehr groß gewachsen und bescheiden in seinem Auftreten, war spätestens beim zweiten Mal Hinschauen seine Eloquenz anzusehen. Immer perfekt gekleidet mit streng gescheiteltem, glattem Haar und der Goldrandbrille auf der Nase, wusste er sehr wohl, welche Ausstrahlung, welche Überzeugungskraft er dank seines umfangreichen Wissens hatte.

Oft genug erinnerte sich Gebert:

„Was bin ich froh, an der Alma Mater in Leipzig studiert zu haben, deren wissenschaftlicher, humanistischer Geist über 800

Jahre ihres Bestehens so gefestigt ist, dass ihm keine noch so radikale oder diffuse politische Gesellschaftsordnung etwas anhaben kann."

Bei solchen Gedanken hatte er seiner Frau Lilo mit beiden Händen zärtlich über die Oberarme gestreichelt. Umarmen konnte er sie nicht mehr, dazu war sie zu üppig geworden und er nicht mitgewachsen.

„Über die vielen Jahre meines Berufslebens hat mir die Anwendung dieses Wissens, die Methodik, die Rhetorik, die wir an der Leipziger Uni enthusiastisch gepaukt haben, alle Türen geöffnet. Das war die Grundlage meines Daseins, auf der ich alles andere aufgebaut habe, liebe Lilo. Wer weiß das besser als du. Nun haben allerdings Leute das Sagen, in deren Bild ich nicht mehr passe, mein Engelchen. Deshalb werde ich noch einmal durchstarten und meine Kenntnisse der Biochemie, mein Wissen über biotechnologische Möglichkeiten zum Schutz der Natur so einsetzen, dass die

Menschen zum Umkehren gezwungen werden. Ich werde der Gesellschaft den Spiegel vorhalten, ihr die Folgen des willkürlichen, hemmungslosen Eingreifens durch ausschließlich profitorientierte Konzerne zeigen, damit die Menschen endlich wach werden."

Seine Frau Lilo, die Chemieingenieurin, die alle seine Forschungen und Vortragsreisen begleitet hatte, keine Stunde von ihm getrennt war, seit ihrer ersten Begegnung in einem Chemielabor in Sachsen–Anhalt, war zutiefst davon überzeugt, dass ihr geliebter Mann diese Aufgabe mit gewohnter Begeisterung und wissenschaftlicher Akribie lösen würde. Einen Augenblick lang spürte sie etwas wie Unbehagen darüber, welche deutlichen, ungewohnt aggressiven Worte ihr Hanno benutzte, doch ihr durch Jahre geprägtes Urvertrauen verwischte sofort jeden befremdlichen Gedanken. Geberts Ehrempfinden war unantastbar.

Das war zwanzig Jahre her.

Professor Geberts Reputation, sein solides Unternehmenskonzept, betriebswirtschaftlich zweifelsfreie Finanzierung machten es dem Professor leicht, zu Fördermitteln für seine weiterführende Forschung zu kommen. Er hatte sich in einer kleinen Kreisstadt am Rande Berlins zunächst in einem preiswerten Gewerbehof niedergelassen, der zu einer ehemals pharmazeutischen Fabrik gehörte. Preiswert war es dort deshalb, weil der Boden durch die Produktionsabfälle und Forschung aus dem zweiten Weltkrieg kontaminiert war und vor allem als uranverstrahlt galt. Diese Bedingungen hatten den Professor jedoch noch zusätzlich angestachelt, sein innerstes Ziel zu verfolgen, von dem noch nicht einmal seine geliebte Lilo wusste und auch nie erfahren durfte, bevor er Tatsachen geschaffen hatte. Keiner der Stadtväter oder Honoratioren der regionalen Parteien und Wirtschaftsverbände, voran des Mittelstandsverbandes, zu dessen Vorsitzendem sie ihn auserkoren hatten, ahnte etwas von den wahren Absichten des vorgeblichen Menschenfreundes und ausgezeichneten Rhetorikers, der zu jeder Veranstaltung des Wirtschaftsverbandes gefragt und zu jedem öffentlichen Ereignis eingeladen war. Regelmäßig brillierte er, der Wunschkandidat der Rednergilde, als Sahnestück zum Schluss jeder Veranstaltung mit seinen druckreifen Ausführungen.

Kapitel 2

Gudrun verbrachte ihre Zeit im Sommer fast ausschließlich im Garten. Seit sie nicht mehr arbeiten ging, glaubte sie, die vielen Jahre versäumter Hobbygärtnerschaft nachholen zu können. So hatte sie als erstes die vor einigen Jahren selbst gepflanzten Tannen gerodet. Sie brachte somit Licht und Luft in das kleine Areal unter Einsatz ihres massigen Körpers, weil ihr die Kraft in den Armen fehlte. War ja eigentlich Männerarbeit, aber wenn kein Mann da war, musste sie eben selbst Hand anlegen. Außerdem glaubte sie, auf diese Weise fit zu bleiben. Zwar fiel sie hin und wieder auf ihr üppiges Hinterteil, wenn sie ihren Körper als Hebel einsetzte. Dabei flogen schon mal die Beine in die Luft oder sie landete, dank einer zu widerspenstigen Tannenwurzel mit dem Gesicht samt Brille im märkischen Sand. Egal, Einsatz zeigen, hatte sie beim Sport in frühester Jugend gelernt. Noch hatte sie den

Willen und die Energie dazu. Und wer sah sie hier schon. Ihr Grundstück war an zwei Seiten begrenzt durch zugewachsene Maschendrahtzäune, an der Hinterfront durch einen alten, brüchigen Flechtzaun, in dem schon manche Leiste fehlte. Alle Nachbarn liebten diesen Sichtschutz. Gudrun hatte es sich zur Angewohnheit gemacht, sich nackt im Garten zu sonnen, wenn sie wirklich einmal von der Gartenarbeit abließ. Niemand kümmerte sich um sie. Sie galt als alte Jungfer, ein bisschen verschroben, weil immer mit sich selbst beschäftigt. Freundlich zwar bei zufälligen Begegnungen, aber nahe kam ihr niemand. Mit den Jahren hatte sie an Attraktivität verloren, legte keinen Wert mehr auf ihr Äußeres, schon gar nicht, seit sie nicht mehr arbeiten gehen musste. Die Männer waren ihr irgendwann egal geworden. Sie kam gut allein zurecht seit ihrer dritten großen Enttäuschung. Als sie sich noch immer schick zurecht machte, sogar fürs Einkaufen, blieben ihr die Blicke manchen Mannes nicht verborgen. Doch jeglichem Versuch eines potentiellen Bewerbers sich ihr zu nähern, begegnete sie mit zickigem Verhalten, was erfolgreich jeden Mann in die Flucht schlug. Sie wollte keinen mehr.

Vor zwei Jahren hatten die Besitzer des Grundstückes hinter ihrem gewechselt. Bei dem jungen Ehepaar war ein Kind nach dem anderen gekommen, bis es drei waren. Das kleine Vorkriegshaus war zu klein für die Familie geworden. Ein älterer Herr wäre dort eingezogen, hatte die Postbotin mal so nebenbei erwähnt. Obermeier soll er heißen. Gesehen hatte Gudrun ihn noch nie, nur manchmal leise Schritte gehört. Sie war froh über die Stille, die seit dem Besitzerwechsel herrschte. Gudrun vermisste bei ihrer Gärtnerlust weder die Arbeit noch den Kontakt zu anderen Menschen.

Die Wintertage waren ihr allerdings manchmal zu lang. Sie wälzte die neuesten Gartenkataloge, suchte sich als Karl-

Förster-Verehrerin zu Ritterspornen, Staudenphlox und Astern neue Züchtungen aus, war darin in eine an Gier grenzende Sammelleidenschaft verfallen. Doch nun hatte sie etwas Neues entdeckt: Ein Versandhandel bot eine umfangreiche Auswahl von Gewächshäusern an. Das war die Lösung. Mit so einem Gewächshaus konnte sie die lange Wartezeit des Winters abkürzen. Sie könnte schon im Januar beginnen, Samen zu ziehen, pikieren und wenn die kräftige Märzsonne schien, reichten die Temperaturen im Gewächshaus gewiss aus, die in ihrem kleinen Wintergarten vorgezogenen Pflanzen dorthin umzuquartieren. Ein grandioser Gedanke, eine lohnenswerte neue Aufgabe. Oft war sie ihrer Patentante Mimi schon dankbar gewesen, dass sie Gudrun bei der Erbschaft mit diesem kleinen Häuschen bedacht hatte. Heute, als Gudrun den Entschluss für ein Gewächshaus gefasst hatte, entfuhr ihr ein Stoßgebet: „Ach, liebe Tante Mimi, wenn du das miterleben könntest. Du hättest deine Freude daran, was ich aus deinem Häuschen und Garten gemacht habe."

Sie orderte das Gewächshaus sofort. Durch das Fenster sah sie noch eine Weile dem Schneeflockentanz zu, bevor sie mit einem seligen Lächeln in ihrem Ohrensessel mit Gartenblick einschlief.

Kapitel 3

Professor Hanno Geberts Forschungsarbeit richtete sich in gewohnter Weise auf die Analyse von Schadstoffen und Verfahren zur Beseitigung von Umweltschäden. Bei der Entwicklung biotechnologischer Verfahren dafür stieß er zufällig auf die Gewinnung von pflanzlichen Wertstoffen und zur in die Zeit passenden Herstellung von functional food. Als junger Mann hätte er nicht geahnt, dass sich der Forschungsdrang mit zunehmendem Alter potenziert. Mit jedem Tag wuchs seine Leidenschaft für die Forschung. Seine Mitarbeiter, die ihm treu zur Seite standen und sich vor Überstunden nicht scheuten, schickte er nach Hause, wenn es wieder einmal zu spät wurde. Doch er selbst schaffte es nie, sich vor Mitternacht von seinen Laborversuchen zu trennen. Selbst Lilo, die immer an seiner Seite gestanden hatte, begann sich Gedanken zu machen über seine Besessenheit, um jeden

Preis eine Versuchsreihe noch zu Ende zu führen und wenn er dafür sein Tagesgeschäft im Unternehmen vernachlässigen musste. Ihr wurde klar, dass er sich mehr und mehr blind auf sie verließ.

Hanno Gebert verschwieg allen, auch Lilo, dass er bei seinen Untersuchungen pflanzliche, aber auch tierische Substanzen entdeckt hatte, die dazu geeignet waren, seine Palette an Ausgangsprodukten für functional food, aber auch andere Einsatzgebiete um bisher nicht bekannte Möglichkeiten anzureichern. Diese Entdeckung war zehn Jahre her. Zwei Jahre lang hatte er anschließend versucht, sowohl die pflanzlichen als auch die tierischen Wertstoffe in geeigneter, stabiler Form herzustellen. Die Produktion seines ersten pflanzlichen Ausgangsproduktes, das Elixicr der weißen Weintraube für die Süßwarenindustrie, lief wie von selbst. Es war die wirtschaftliche Grundlage für die Weiterführung seines Unternehmens und seiner Forschungen.

Kapitel 4

Der Winter in diesem Jahr war mild.

Gudrun begann Ende Januar, den Boden zu bearbeiten. Er war nicht gefroren. Vielleicht konnte sie schon im Februar Möhren säen.

Von dem Flechtzaun des Nachbarn hinter ihr fehlten schon wieder ein paar Leisten. Aus dem Schornstein seines Hauses stieg grauer Rauch auf. Der einzige, der noch einen Ofen heizte hier in der Siedlung, dachte Gudrun. Ein bisschen neugierig war sie schon, weil von Obermeier nichts zu sehen und zu hören war. Durch ein kleines Loch im Flechtzaun riskierte sie einen Blick. Erschrocken wich sie zurück, als sie direkt in Obermeiers Auge sah. „Huch", entfuhr es ihr als spitzer Schrei, bei dem sie sich verschluckte. Im Zurückweichen stolperte sie über aufgeschüttete Erde und ihr Hinterteil gehorchte mal wieder der Erdanziehungskraft. Die gespreizten Beine Richtung

Flechtzaun gestreckt, landete sie auf dem Gartenboden.

Nebenan prustete es los, dann ein Räuspern, ein „Tschuldigung".

Ihrerseits ein: „Was erlauben Sie sich, mich so zu erschrecken!"

Nach einer kleinen Pause, in der sie sich auf die Knie gewälzt hatte, weil sie nicht mehr anders hochkam und Obermeier dabei vermutlich ihr dickes Hinterteil entgegengestreckt hatte, versuchte sie aus der peinlichen Situation rauszukommen:

„Sie verheizen wohl Ihren Gartenzaun!"

Obermeier versuchte, sich zu beherrschen, seine zuckenden Schultern und Lachfalten um seine Augen verrieten jedoch sein wahres Befinden. Gudrun sah nun durch einen größeren Spalt im Zaun genauer hin: „Wie ein Waldschrat", dachte sie. „Der macht sich wohl nichts mehr aus dem anderen Geschlecht und aus sich selbst auch nicht. Naja, wie ich."

Das Eis zwischen den beiden war gebrochen, zumal keiner von ihnen die Absicht zu haben schien, sich dem anderen zum Zweck der Paarung zu nähern. Eine gute Basis für die Nachbarschaft zweier leicht betagter, einsamer Leute. Hin und wieder tranken sie nun am Gartenzaun an den immer größer werdenden Lücken einen Kaffee miteinander, jeder seinen.

Für heute war endlich die Lieferung des von Gudrun schon sehnlichst erwarteten Gewächshauses angekündigt. Die Spedition kam pünktlich. Lieferung wie vereinbart frei Bordsteinkante. Was denn, zwei so kleine Pakete? Da soll das ganze Gewächshaus drin sein? Gudrun konnte es nicht glauben. Morgen sollte schönes Wetter sein. Sie würde sofort mit dem Aufbau beginnen. Jeden Tag der letzten beiden Wochen hatte sie damit verbracht, den Boden zu ebnen für den Fundamentrahmen. Schließlich sollte das Glashaus exakt aufgebaut werden, damit es lange hielt und jedem Sturm trotzte.

Ihr Versuch, die Pakete im Ganzen in den Garten zu tragen, scheiterte an deren Gewicht. Sie hatte keine andere Wahl, als den Inhalt in Einzelteilen vom Tor an der Straße bis in den hinteren Teil des Gartens zum vorgesehenen Standort zu bringen. Als sie zum zehnten Mal den gleichen Weg lief, bekam sie schlechte Laune, vor allem bei dem Gedanken daran, wie sie diese vielen Einzelteile zusammenbauen sollte. Eine vielversprechende Bauanleitung mit vierzehn verschiedenen Darstellungen war dabei. Sie war nicht ungeschickt, besaß eine gute polytechnische Bildung und viel Zuversicht. Nachdem am nächsten Tag das siebte Teil schon wieder nicht passen wollte, hätte sie am liebsten alles in die Mülltonne gehauen. Obermeier hörte sie fluchen. Er kam mit seinem Kaffee an den Zaun, der inzwischen eine mannshohe Lücke aufwies. Obermeier verheizte dieses baufällige Teil tatsächlich nach und nach in seinem Ofen, um im Sommer einen ordentlichen Zaun zu bauen, wie er sagte. Einen blickdichten, hoffte Gudrun, denn auf ihr Ganzkörper-Sonnenbad wollte sie nicht mehr verzichten. So weit sollte die Nachbarschaft dann doch nicht gehen.

„Na, womit quälst du dich denn heute?"

Gudrun hatte ihm nichts erzählt von dem Gewächshaus, wollte es einfach hinstellen, fertig: „Schau mal, was ich alles kann!" Nichts da, nichts konnte sie. Hier war sie mal wieder an eine Grenze geraten.

„Wenn du es nicht falsch verstehst, würde ich mir die Sache mal aus der Nähe anschauen." Obermeier blieb ganz gemütlich noch hinter seinem Zaunrest stehen.

Gudruns Verzweiflung war in Wut umgeschlagen über ihre Unfähigkeit und den Umstand nun vielleicht noch einen Mann bemühen zu müssen. Doch die Aussicht, in Kürze schon die vorgezogenen Tomaten-, Gurken- und Paprikapflänzchen in dieses Haus aus Glas zu räumen, ließen sie grummeln:

„Wenn du meinst!"

Obermeier holte sich mit fragendem Blick und ihrem Nicken die Genehmigung ein, dass er nicht um die Ecke die Straße lang zu ihr laufen müsste, sondern durch dieses Loch im Gartenzaun steigen dürfte.

Er schaute sich die Bescherung an. Sein junggebliebenes Stabilbaukastenherz meldete sich. Das war mal eine Herausforderung: Hunderte von Schrauben, Aluleisten verschiedener Länge, Winkel in verschiedenen Größen, Profile, Dichtgummis, Hohlkammerplatten – ein Eldorado für einen begabten Bastler.

„Also, wenn du möchtest, helfe ich dir", war seine erste Reaktion und entschuldigend die zweite, die er sofort hinterher schickte:

„Ich weiß ja, dass du das alleine kannst, aber du hast ja zurzeit noch so viel anderes zu tun im Garten, und, naja, mir macht sowas Spaß."

Gudrun knurrte noch ein bisschen, als sie „Na, kannst ja mal versuchen" murmelte.

Dieser Waldschrat, dachte sie noch sehr misstrauisch. Der hat doch unegale Finger und so behäbig, wie der sich bewegt. Dauernd fliegen ihm seine langen Haare in die Augen, wenn er sich bückt und wie will der sich überhaupt mit seiner dicken Holzfällerjacke zwischen diesen filigranen Teilen bewegen. Der reißt ja mit dem Arsch wieder ein, was er mit den Händen aufgebaut hat und tritt mir mit den klobigen Arbeitsschuhen noch die Profile kaputt.

Wenn sie es auch nicht zugeben wollte. Es blieb ihr keine Wahl. Allein würde sie dieses schöne Glashaus nicht zusammenbauen können oder das ganze Frühjahr dazu brauchen. Sie überwand sich. Lief in ihre Küche, brühte frischen Kaffee auf. Ausnahmsweise und wegen der Umstände auch für Obermeier. Der wärmte sich an dem Pott die Hände und legte los. Selbst er, der begnadete Bastler, der Modelle für Architekten baute, brauchte eine ganze Woche, ehe das Häuschen stand.

Ein Festtag für Gudrun. Der Pflaumenkuchen aus dem Tiefkühler mit Früchten ihrer Vorjahresernte kam nun endlich zu seiner Ehre. Am Morgen schon hatte Gudrun den Kuchen vorsorglich aufgetaut und nachmittags kurz in den Ofen geschoben, damit er wie frisch gebacken schmeckte. Sogar Schlagsahne spendierte sie. Ein seltener Genuss. So saßen beide und freuten sich, er über seine gelungene Arbeit, sie über ihr Gewächshaus und tranken zum ersten Mal nebeneinander auf den Gartenstühlen sitzend zusammen ihren Kaffee.

Kapitel 5

„Heureka!", rief Hanno Gebert aus. Er hatte es geschafft, was noch niemandem vor ihm gelungen war: aus Abwasser gewonnene, lebende tierische Zellen nicht nur als Ausgangsprodukt für functional food zu isolieren und zu stabilisieren, sondern in einen lebenden Organismus einzupflanzen. Am besten aufnahmefähig dafür waren junge Gurkenpflanzen, deren Zellen besonders schnell und sicher die tierischen Wertstoffe umschlossen wie eine Amöbe und deren substantieller Bestandteil sie wurden. Diese Pflanzen wuchsen wesentlich schneller als die Gurkenpflanzen gleicher Sorte ohne tierische Wertstoffe, die Hanno Gebert zum Vergleich gezogen hatte. Unzählige Versuche weiter hatte der Professor festgestellt, dass die Ranken der so angereicherten Gurken ungewöhnlich stark waren. Hatten sie einmal einen Gegenstand umschlungen, war es unmöglich, sie zerstörungsfrei davon zu lösen. War der Gegenstand organischer Natur, stellte Gebert jetzt schon fast erschrocken fest, schienen die Gurkenranken ihren Wirt aufzufressen. Die als Pflanzenstütze verwendeten frischen Haselnusszweige waren schnell nicht mehr als solche zu erkennen, die jeweilige Ranke dagegen nahm die Form ihrer bisherigen Stütze an. Explosionsartig wuchsen seine von ihm neu geschaffenen Gewächse bei einer Temperatur von 15°C und praller Sonne, hatte er notiert.

Was war ihm hier gelungen, vielmehr geschehen?

Professor Hanno Gebert beobachtete fast ungläubig die ersten Versuchsreihen, bevor sich ein Gedanke in ihm immer mehr festigte. Seitdem hatte er niemandem mehr gestattete, sein Forschungslabor zu betreten.

Kapitel 6

Gudrun war frohgestimmt. Der Nachbar hatte sich als brauchbarer Handwerker erwiesen ohne jeden Versuch, ihr nahe zu kommen, wie so oft andere einsame Herren, sogar als sie schon nicht mehr so attraktiv war, wie einst in jungen Jahren. Es interessierte sie nicht besonders, welches Schicksal dieser Obermeier mit sich rumschleppte. Auch wenn sie sich nun etwas näher gekommen waren, sollte das doch auf reine Nachbarschaft beschränkt bleiben. Ihr Leben würde sie nicht mehr ändern, musste sich nicht mehr auf jemand einstellen. Über alles konnte sie selbst bestimmen, auch darüber, was in ihrem Garten wuchs oder nicht. Von Freundschaften hielt sie nicht viel, war ja doch alles oberflächlich, trügerisch. Die Menschen gingen nicht ehrlich miteinander um. Ihre Pflanzen, ja die zeigten sofort an, wenn Gudrun sie vernachlässigte, die waren gerade heraus, bedankten sich artig mit Blüten und Früchten bei regelmäßiger Pflege mit Düngen und rechtzeitigem Schnitt.

Allerdings hatte sie Erstaunliches bemerkt, als sie im letzten Jahr wegen einer kompliziert verlaufenden Gallenblasenoperation drei Wochen im Krankenhaus liegen musste, in der besten Wachstumszeit.

Als sie nach Hause kam, glich ihr Garten einem Paradies. Rittersporn und Rosen wetteiferten in leuchtendem Blau und Rot in allen Schattierungen. Die Schneebeerenhecke hatte Zaun und Gartentor überwuchert, Gudrun war es kaum gelungen das Tor zu öffnen. Das tränende Herz stand dem üppigen Klatschmohn gegenüber und die Rhododendren blühten in diesem Jahr besonders lange. Alles ohne Gudruns Zutun. Ein Traum von Garten, alles war gewuchert und strotzte vor Gesundheit und üppiger Vielfalt. Gudrun war sich nicht sicher, ob sie sich über diese wollüstige Pracht freuen sollte. Hielt sie doch sonst immer alles mit

Schneiden und Auslichten im Zaum. Unbehagen stellte sich ein.

So prachtvoll hatte der Garten noch nie ausgesehen, obwohl er nun schon seit Jahren ihr ganzer Lebensinhalt war. Was sollte ihr das sagen? Hatten nun auch schon die Pflanzen zwei Gesichter?

Sobald es ihr besser gegangen war, hatte sie begonnen, den üppigen Wuchs einzudämmen, schnitt hier, kürzte da.

Die rote Scharfgarbe, die sie vor vielen Jahren einmal gepflanzt hatte, blühte nie. Erst jetzt in Gudruns Abwesenheit. Das grenzte an Verrat. Raus damit.

Die Pflanzen dürften doch nicht entscheiden, in welcher Üppigkeit sie wüchsen. Sie allein, Gudrun, war die Herrscherin über alles Wachstum auf diesem Stück Erde. Keinen Grashalm hatte sie stehen lassen, wo er nicht hingehörte in ihrem Reich.

In diesem Jahr war ihr oberstes Ziel das Gewächshaus. Vor Tagen hatte sie begonnen, die vorgezogenen Pflanzen aus dem

Wintergarten dorthin zu tragen, sie ordentlich mit Tüchern bedeckt, damit sie auf dem Weg vom Haus zum Garten in der kalten Luft keinen Schaden nähmen. Im Gewächshaus herrschte seit einer Woche konstant eine Temperatur von 14°C, fast ideale Bedingungen für die vorgetriebenen Gemüsepflanzen. Jeden Tag saß Gudrun jetzt Stunde um Stunde in ihrem Traumpavillon und betrachtete die jungen Pflänzchen, freute sich über jeden neuen Spross. Manchmal lauschte sie, glaubte das Wachsen zu hören. Besonders gespannt war Gudrun auf die neue Gurkensorte, für die überall in den Gartencentern und Baumärkten geworben wurde. Sogar im Discounter bekam man die mit riesigem Erfolgsversprechen. Gudrun träumte von knackigen Schlangengurken. Sie könnte ja Obermeier hin und wieder eine schenken, als Dauerlohn für das Gewächshausbauen. Ganz in diesen Traum versunken, trank sie ihren Kaffee. Die Sonne brannte heiß, die automatische Lüftung im Dach des Glashauses begann zu knacken zum Zeichen, dass sich das Fenster öffnete, wie geplant bei 20°C. Gudrun war eingenickt. Plötzlich wurde sie davon wach, dass sie schwer Luft bekam, schnappte, schnorchelte, riss an dem Teil an ihrem Hals, welches fest war, wie ein Männerarm. War es ein Männerarm? Etwa Obermeier? Sie versuchte zu schreien, sich zu befreien von dem Teil um ihren Hals, als ein ebensolches Teil ihre Arme umschlang, ihre Beine, ihren ganzen Körper einzuwickeln schien. Doch Gudrun hatte bereits das Bewusstsein verloren.

Obermeier hatte Gudrun ins Gewächshaus gehen sehen, wollte sich mit seinem Kaffeepott dazugesellen. Als er die Schiebetür vorsichtig öffnete, schlug ihm ein beißender Geruch entgegen. Das Haus aus Glas war zugewuchert mit riesigen grünen Blättern und Tentakeln so stark wie Äste. An den Enden der Tentakel hatten sich Verdickungen gebildet, die an Hände und Füße

82

erinnerten. Andere sahen aus, wie eine Schlange, vor der man sich in Acht nehmen muss. Über dem Gartenstuhl in der Mitte des Gewächshauses schwebte eine besonders kräftige Tentakelverdickung. Obermeier erschrak: Er glaubte Gudruns Gesicht darin zu erkennen. Instinktiv schloss er die Tür, rannte wie besessen durch den nun fast völlig offenen Gartenzaun in sein Haus, um zu telefonieren. Der Fernseher, in dem er einen Bericht über eine Architekturausstellung angesehen hatte, bevor er zu Gudrun gegangen war, lief noch. Er glaubte, sein Verstand narrte ihn. Die gleichen Bilder, die er eben im Gewächshaus gesehen hatte, sah er nun auf dem Bildschirm: Ein Bericht über einen außergewöhnlichen Suizid. Ein Professor für Biotechnologie hatte sich in seinem Labor umgebracht. Seine Pflanzen hatten ihn scheinbar assimiliert. Ein Sprecher warnte davor, Gurkensamen der Sorte ‚Amöbe' zu verwenden. Es hätte zahlreiche Todesfälle gegeben, über deren

Ursache man noch nichts wisse. Viele Spuren führen zu einem Professor Hanno Gebert, der auf diesem Gebiet geforscht hätte und nun zu Tode gekommen sei. Als Abschiedsdokument hätte er eine wissenschaftliche Arbeit hinterlassen, wie es ihm gelungen war, lebende Organismen als Wertstoffe und Ausgangsprodukt für functional food und andere Anwendungszwecke zu gewinnen, allerdings auf der Grundlage verunreinigten Wassers. Verunreinigt durch Uranverstrahlung und pharmazeutische Kontaminierung, was zusammen die heimische Würfelnatter zum Mutieren gebracht hätte, so dass sie teilweise aus pflanzlichen, teilweise aus tierischen Organismen bestehe und hervorragend durch Gurken assimiliert würde, welche wiederum zu lebende Organismen fressenden Monstern heranwüchsen.

Obermeier verstand die Botschaft.

Warum ich wieder gern mit der Bahn fahre

Warum ich wieder gern mit der Bahn fahre willst du wissen?

Ganz einfach: Ich sehe Menschen.

Natürlich gefällt so ein Anblick nicht, wie der dieses unförmigen Mannes, der mir mit weit gespreizten Beinen schräg gegenübersitzt. Unappetitlich, was zur Schau gestellt ist. Versuche ständig, den Blick anderswo hinzulenken. Ich schüttle mich bei dem Gedanken, der Mann könnte mich versehentlich berühren. Ich sitze drei Plätze von ihm entfernt. Aufpassen beim Aussteigen! Niemand hatte diesem Mann beigebracht, sich in der Öffentlichkeit so zu kleiden, dass es nicht obszön wirkt, aber wenn ich mich weiter umschaue, stelle ich fest, dass meine Maßstäbe wohl antiquiert sind. Intellekt, Sozialisierung und Geschmack stehen nicht unbedingt im Einklang.

Und dann sehe ich eine scheinbar Intellektuelle. Braungebrannt. Über dem schwarzen Spaghettiträgerhemdchen ein gelber, grob gehäkelter Pullover oder wie man dieses Kleidungsstück auch nennt. Große, mit gemustertem Horn umrandete Brille, kurzes, kastanienbraun gefärbtes Haar, in Lektüre vertieft: Sprecht mich nicht an. Ich lebe in meiner Welt, will hier eigentlich gar nicht sitzen und mit euch in der S-Bahn fahren. Jede Pore Abwehr.

Die junge Frau neben mir, die sich gleich auf die eigene Unterlippe tritt – man könnte annehmen, sie hat gerade ihre Kündigung bekommen – erinnert mich an meine jungen Jahre. Genau so mag ich manches Mal ausgesehen haben; das Gesicht zur Faust geballt, Wut auf die ganze Welt im Bauch und wenn mich jemand angesprochen hätte, kein Zögern, jedem diese Wut ins Gesicht zu schleudern. Die junge Frau neben mir wird auch noch etwas Gleichmut lernen.

Ich steige aus, laufe mit der Menschenmenge zum Anschlusszug. Ich fühle mich lebendig, rausgerissen aus meinem dörflichen Dornröschenschlaf, mein Kreisen um mich selbst.

Ausflüge in die nahe Kleinstadt zählten fast schon zu Weltreisen.

Nur noch Garten, Nachbarn, Kinder, Verwandte, natürlich mein Mann. Hin und wieder ein Besuch aus der Ferne, ein Telefonat.

In die Buchhandlung bin ich nur noch mit dem Auto gefahren.

Aber: Kurs am Schreibinstitut, alle vier Wochen!

Jetzt mit hunderten anderer Leute jeden Tag die gleiche Strecke und doch allein, wenn ich es will.

Wie hat mich früher das Bahnfahren genervt und schnell war die unangenehme Erinnerung wieder da, als ich die ersten Male in den Zug stieg. Die Verspätungen, Zugausfälle, schmutzige Abteile, volle

Waggons, Gestank, Hitze, Lärm. Doch nun, nach einigen Jahren Abstand, habe ich diesen Hexenkessel, der Leben zaubert, für mich entdeckt. Bin in der Lage, Unangenehmes auszublenden oder es in meine Geschichten einzuarbeiten. Gesichter, Körper, Figuren gibt es, deren Lebensgeschichte ich glaube erahnen zu können. Hinterfragen möchte ich sie schon manchmal, würde sicher nur auf Unverständnis stoßen, überwiegend Ablehnung, selten auf Gegenliebe. Abschotten ist in dieser Zeit angesagt. Wen ginge der andere schon was an.

Es käme auf einen Versuch an. Doch nicht nur, dass ich aus einer Generation bin, die Zurückhaltung gelernt hat. Mir steht auch noch meine autoritäre Erziehung im Weg. Deshalb wage ich den Versuch sicherheitshalber nicht. Außerdem kann ich mir, ohne jemanden zu fragen, selbst Geschichten ausdenken, die zu den Typen passen, die da jeden Tag mit mir fahren.

Die Neugier bleibt.

Diese Frau, die ich nur ein einziges Mal gesehen habe, niemals wieder. Sie war unvergesslich schön. Ihr Gesicht erinnerte ein wenig an Fay Dunaway in ganz jungen Jahren, große wasserblaue Augen, mit langen, ungefärbten dunklen Wimpern. Die Augenbrauen gekonnt erzogen, also nicht breiter als die Verlängerung einer gedachten, geraden Linie zwischen Mundwinkel und äußerem Augenwinkel und in völliger Harmonie mit den Formen der Augenpartie. Auch die Brauen nicht gefärbt, ihr Braun etwas ausgeblichen. Gerade Nase, kein bisschen zu lang und erst der Mund: gleichmäßig geschnittene Lippen, eine kleine Kerbe in der Mitte der Oberlippe, beide Hälften geformt wie ein liegender Halbmond, voll, aber nicht prall, kein Milligramm zu viel, an keiner Stelle, ebenso die Unterlippe. Ein zart geformtes Kinn, ein schlanker Hals umrahmt von braunem Haar, dessen Glanz schon etwas nachgelassen hat. Die Frau trug einen leichten Sommermantel, gerade geschnitten, sandfarben. Die feingliedrigen Hände hielten eine Ledertasche. Das Gesicht außergewöhnlich wohlgeformt, ein Idealbild, doch auf keinen Fall langweilig. Was hatte mich so fasziniert? Es waren die kleinen Spuren des Lebens, die aufforderten zu einem zweiten Blick in das schöne Gesicht, der unwillkürlich länger auf ihm weilte. Lachfältchen an den Augenwinkeln. Zart wie Seidenpapier die Haut und doch mit sanften Spuren von Wind und Wetter. Um die Mundwinkel nur eine Ahnung senkrechter Falten, also nicht nur Lachen war in ihrem Leben. Auch auf den schmalen Wangen kaum sichtbare senkrechte Rinnen. Die scheinbar noch immer zum Funkeln fähigen Augen hatten eine wissende Tiefe, etwas Melancholie, vielleicht auch Trauer.

Wie alt mochte sie sein?

Stil von Kopf bis Fuß, unaufdringlich. Reife, die deutlich hinter der Lebensmitte lag, siebzig vielleicht. Der gepflegte, ebenso eindrucksvolle Mann an ihrer Seite über dieses Alter hinaus.

Ein Abbild von Schönheit, Selbstverständnis des Miteinanders, noch immer Begehren, Liebe. Unerschütterlich.

Stoff für eine neue Geschichte, die Zeit zum Reifen braucht.

Eine schöne Fahrt heute.

Familienfest

Winni Schrotmeier, siebzehn, Sohn des Pfarrers in dem kleinen Brandenburgischen Bad Sauer hatte sich vorgenommen, bei dem nächstgrößeren gesellschaftlichen Ereignis in der Stadt endlich seine Scheu zu überwinden und Melli anzusprechen. In Vorbereitung darauf, bemühte er sich nach Kräften mittels extra für solche Fälle vorgesehener, dauerhaft beworbener Kosmetik seine noch immer vorhandenen Pubertätspickel loszuwerden. Täglich dasselbe Ritual, mit Konsequenz, um endlich Melli davon zu überzeugen, dass er den Teenagerjahren entwachsen war.

Unerträglich konservativ, spießerhaft und sowieso wegen der bevorstehenden Abitur-Prüfungen erlaubte ihm sein Vater jedoch keinen Disko- oder Barbesuch. Nur eine Quasi-Pflichtveranstaltung, ein langweiliges Familienfest der Lehrerfamilie Habersack gestattete er Winni als Abwechslung.

Welche Überraschung für Winni, ausgerechnet dort die gewöhnlich vor Ausgelassenheit überschäumende Melli, Tochter des Bäckermeisters Dinkel zu treffen. Freilich erhaschte Winni zunächst von ihr nur einen flüchtigen Blick, als sie gerade durch die Tür des Wintergartens das Haus in Richtung Garten verließ. An ihrer Seite der stadtbekannte Schwerenöter Arno Meyerott.

Was hatte Melli mit dem zu schaffen? Melli konnte sich unmöglich mit so einem abgeben. Andererseits, wenn sie bei diesem Habersackschen Familienfest, wo jede Kleinigkeit von den Honoratioren der Stadt registriert wurde, gemeinsam fast Hand in Hand in den Garten gingen, musste das etwas zu bedeuten haben. Winnis Herz schlug bis zum Hals. Hatte er zu lange gewartet, sich Melli zu erklären? Jetzt kam es drauf an: Winni nutzte die Deckung hinter den schweren Samtvorhängen der Wintergartenfenster, um unentdeckt die beiden im Garten zu beobachten. Das Paar war am kieselweiß umrandeten Koiteich angekommen. Arno schien am Ziel seiner Wünsche zu sein und breitete seine Arme aus, um Melli zu umfangen. Mellis steife Körperhaltung blanke Abwehr. Arno bedrängte sie gerade in dem Moment heftig, als Melli einen zerfledderten Vogelkadaver am Teich erblickte. Erschrocken stieß sie einen spitzen Schrei aus. Winni hatte schon in Mellis Haltung Arno gegenüber seine Chance gesehen, all seinen Mut zusammengenommen, um Melli aus Arnos Zudringlichkeit zu befreien, traf also genau in dem Augenblick am Koiteich ein, als Melli aufschrie, konnte seine schon zum Schlag erhobene Faust nicht mehr aufhalten, die Arno unvorbereitet traf. Sowieso wegen Mellis spitzem Aufschrei erschrocken und auf wackligen Füßen stehend, fiel der nun rückwärts mit großem Staunen im Gesicht zu den teuren Fischen in den Teich. Das Wasser spritzte in hohem Bogen.

Melli, die im Stillen schon immer auf ein Zeichen von Winni gehofft hatte, dem zwar noch immer pickligen, aber sonst sehr smarten Pfarrerssohn, war beeindruckt.

Die Situation war geklärt, auch für Arno. Während sich Melli und Winni in der Aufregung um den Koi-Teich-Fall Arnos unbemerkt von dem Habersackschem Familienfest wegschlichen, trottete der verstoßene, wassertriefende Möchtegernliebhaber Richtung Gartentor. Hilfe hatte ihm niemand angeboten, also stieg Arno in sein Auto und fuhr Richtung Sonnenuntergang aus Bad Sauer fort.

Schnelle Entschlüsse

„Hallo, ich bins", strahlt mich Michaelas Telefonstimme an. „Will mich nur zurück melden aus Tunesien."

„Wusste gar nicht, dass du in Tunesien warst."

„Naja, Last-Minute-Reise."

„Warst wohl mit Josi dort?"

„Nö, die war bei ihrem Vater, der kann sich ja schließlich auch mal kümmern. Mach ich ja nicht so gerne, aber der Mensch braucht eben ab und zu Erholung, also hab ich mir das mal gegönnt. War mit ner Freundin unterwegs. Und, meine Liebe, ich hab mir auch was Schönes mitgebracht!"

„Ach nee, was ist etwas Schönes aus Tunesien? Was hast du dir denn mitgebracht?"

„Said!"

„Said?"

„Ja, Said. Ich würde ihn dir gern mal vorstellen. Seid ihr am Wochenende zu Hause?"

„Ja, wir sind da. Aber wer oder was ist Said?"

„Na, du kennst mich ja. Er ist achtzehn Jahre jünger als ich, fast mein Rekord. Aber wir lieben uns. Er sieht toll aus und ist ganz lieb zu mir. Meine große Liebe."

„Wie lange warst du denn in Tunesien?"

„Na, eine Woche."

„Und du bist sicher, dass er deine große Liebe ist?"

„Ganz sicher, da lass ich nichts ran."

„Na, da bin ich mal gespannt. Wir können grillen, wenn ihr kommt."

„Ja, gute Idee. Mit Josi natürlich."

„Alles klar. Aber sag mal, ist er, eh, wie heißt er noch?"

„Said, Said Ferjani."

„Ja, gut, versuch ich mir zu merken, also ist er nicht Moslem?"

„Ja, schon, ist aber nicht so wichtig, spielt auch zwischen uns keine Rolle."

„Na gut, alles andere dann am Sonnabend."

Ich bereite den Besuch vor, kaufe gutes, teures Lammfleisch für den Moslem, für alle anderen die üblichen Schweinesteaks.

Die Gäste sind fast pünktlich, was für Michaela etwas heißen will. Said ist ein sympathisch dreinblickender, junger Mann, mit warmen, braunen Augen. Sein volles schwarzes Haar ringelt sich leicht. Er ist charmant, zurückhaltend, aber aufmerksam.

Josi hat ihn bereits in ihr kleines zweijähriges Herz geschlossen, obwohl sie gerade eine intensive Zeit mit ihrem Vater verbracht hatte, der im gleichen Alter ist wie Said. Michaela ist zweiundvierzig, gertenschlank, drahtig.

Ich erkläre Said, welches Fleisch er bedenkenlos essen kann. Er greift zum Schweinesteak. „Ist gut", sagt er, kaum Akzent in der Sprache.

Hm, hätte ich mir den Aufwand mit dem Lamm sparen können. Vielleicht hat er mich auch nicht richtig verstanden. Ich staune allerdings, wie schnell er schon ein paar Brocken Deutsch gelernt hat. Er ist keine drei Wochen im Land.

„Um es gleich auf den Punkt zu bringen, meine Liebe", sagt Michaela, „wir wollen so schnell wie möglich heiraten und du sollst meine Trauzeugin sein."

Ich bin etwas irritiert. Hat sie mich doch bei ihren beiden vorhergehenden Hochzeiten auch nicht als Trauzeugin gebraucht. Na gut, bei Harri war die Stimmung wegen unserer Eltern nicht so gut zwischen uns. Die Ehe zwischen ihrer Mutter und meinem Vater hatte nicht lange gehalten. Sie mussten danach wegen permanenten Wohnungsmangels in unserer Stadt zwar in getrennten Räumen, aber immer noch auf einem Flur zusammen leben, was dauernd Krieg gab und auch Auswirkungen auf Michaela und mich hatte. Außerdem war sie von Harri schon schwanger, als wir, gleichaltrig, gerade die Prüfung für die mittlere Reife ablegten. Michaela war dann gleich nach Berlin gezogen, zu ihrem Verlobten in die Stadt ihrer Träume. Das mit Harri hatte vier Jahre gehalten. Die anschließenden Beziehungen hab ich mir nicht alle gemerkt. Anfangs hatte sie mir noch den einen oder anderen vorgestellt, irgendwann haben wir uns aus den Augen verloren und unsere Interessen gingen weit auseinander. Mit Klaus hatte sie noch einmal einen Eheversuch gestartet, der endete, als sie von Jürgen, Josis Vater schwanger war.

Nun also Said.

Das Aufgebot war schnell bestellt.

„Stell dir mal vor, meine Freundinnen glauben alle, wir heiraten nur, weil Said so am besten nach Deutschland kommt. Was denken die denn!", rief sie mich in den nächsten Tagen an.

„Naja, ist nicht unbedingt von der Hand zu weisen, weil alles so schnell ging."

„Na, ich bring mir doch nicht einen von der Reise mit, den ich erst eine Woche kenne, ohne ihn wirklich zu lieben."

„Das will ich dir gerne glauben. Lass dich nicht beirren von deinen Freundinnen, wenn du ihn wirklich liebst und er dich. Haltet zueinander. Allerdings hätte ich etwas Bedenken wegen der anderen Kultur, mit der du erst vertraut werden musst und er mit unserer."

„Ach, du, das ist überhaupt kein Problem. Said hat mir sogar ein Geheimnis verraten, was die tunesischen Männer eigentlich nicht wissen dürfen. Er weiß es von seiner Mutter."

„Ach was! Darfst du es weiter sagen?"

„Ja, aber nur unter uns."

„Und?"

„Also, die haben da eine ganz einfache Methode, wie man sich die Beine enthaart."

„Hm", mein Interesse sinkt auf null.

„Also, es wird eine Mischung aus Honig und Zitronensaft hergestellt und das wird dann auf die Beine aufgetragen. Dann bildet sich eine Kruste und die wird abgeschabt und dabei gehen die Haare mit raus. Said will mir sogar dabei helfen."

„Ist ja toll", antworte ich artig, bin nicht der Enthaarungsfreak.

„Naja, es gibt aber vielleicht noch andere Dinge, wo die Kulturen aufeinandertreffen. In den arabischen Staaten ticken die Uhren etwas anders als hier bei uns."

„Das ist gar kein Problem, wir verstehen uns so gut, es ist noch nie ein böses Wort zwischen uns gefallen."

Ich erfahre noch den Hochzeitstermin. Natürlich alles im kleinen Rahmen, nur noch eine Freundin mit Kleinkind soll dabei sein, die sie seit der Schwangerschaft mit Josi kennt. Mit ihr ist sie in der Frauengruppe „Anna" organisiert, wo sie als Alleinstehende vor allen Dingen kostenlosen Rechtsbeistand haben können, wenn es gegen die unzuverlässigen Väter der Kinder geht. Auch gegen Michaelas letzten Ex, der sie tatsächlich zur Fortführung der Ehe damit erpressen wollte, dass er nicht auf die

Vaterschaftsanerkennung verzichtet, weil Josi ja noch in ihrer Ehe gezeugt wurde, wenn auch mit einem anderen Mann.

Na gut, ich kann da nicht mitreden, will nicht die Naseweise spielen.

Hochzeitstag.

Michaela ist in der Großstadt Berlin Fan des öffentlichen Nahverkehrs.

Wir treffen uns also am Standesamt Friedrichshain. Die Standesbeamtin empfängt uns. Michaela stellt mich als Trauzeugin vor.

„Und Frau Müller", so heißt Michaela noch nach ihrem zweiten Mann, „wo ist Ihr Dolmetscher?"

„Wir brauchen keinen Dolmetscher, mein zukünftiger Mann versteht alles."

„Frau Müller, ich habe Ihnen doch erklärt, dass es Vorschrift ist, wenn ein ausländischer Staatsbürger hier heiratet, dass er einen Dolmetscher haben muss."

„Aber er braucht doch keinen. Wir verstehen uns gut und er versteht auch, was Sie sagen."

Ich bin etwas irritiert. Was ist hier los?

„Also, Frau Müller. Ich erkläre es Ihnen noch einmal: Wenn Sie keinen Dolmetscher dabei haben, darf ich Sie nicht trauen, haben Sie das verstanden?"

„Na, ich weiß doch auch nicht, warum der Dolmetscher nicht gekommen ist. Aber eigentlich brauchen wir den auch nicht. Mein Freund versteht ja alles."

„So, Frau Müller, jetzt muss ich Sie noch einmal belehren. Ich kann und darf Sie heute nicht trauen. Sie müssen einen neuen Termin bestellen und einen Dolmetscher für Arabisch oder Französisch mitbringen, also die Amtssprachen des Herkunftslandes Ihres Bräutigams, sonst muss ich Sie beim nächsten Mal wieder nach Hause schicken. Beherzigen Sie meine Worte. Und jetzt wartet das nächste Paar auf mich. Auf Wiedersehen."

Verdattert ziehen wir ab. Ich fahre das Brautpaar mit Kind noch zu seiner Wohnung. Bin sprachlos über die Unzuverlässigkeit des Dolmetschers.

„Woher war denn der Dolmetscher, den du bestellt hattest?"

„Na, von diesem Verein, der sich um arabische Einwanderer kümmert."

„Und wann habt ihr das festgemacht, dass er bei eurer Trauung dabei ist? Vielleicht ist er plötzlich krank geworden."

„Weiß ich nicht. Ich hab ihm gestern Abend jedenfalls einen Zettel in den Briefkasten geschmissen, dass er heute um zehn zum Standesamt kommen soll."

Ich versuche, mein Aufstöhnen zu unterdrücken.

Ich hab es eilig, muss in die Firma zurück. Bespreche nur noch mit Michaela, dass ich ja mal mit unserem alten, pensionierten Klassenlehrer reden kann, den sie so verehrt. Er arbeitet seit einigen Jahren nebenbei in unserem Kreis als Französisch-

Dolmetscher. Etwas überrascht über meinen Besuch und mein Anliegen erklärt er sich nach kurzen Bedenken tatsächlich bereit zu helfen. Ich sage Michaela Bescheid, sie meint aber, jetzt jemanden zu haben. Der neue Trauungstermin stünde auch fest.

Es ist mitten in der Woche. Wieder kann mich nur für den Trauungstermin, maximal für das anschließende, beim Italiener geplante Essen freimachen.

Dieses Mal sind wir verabredet, das junge Glück mit Kleinkind von zu Hause abzuholen und mit dem Auto zum Standesamt zu fahren.

Ich fahre pünktlich, natürlich, wie gewohnt, mit Zeitreserve los, kann ja mal was dazwischen kommen. Die Prenzlauer Allee ist Baustelle von der Ostseestraße bis zur Danziger.

Hinter der Kreuzung Ostseestraße geht es nur noch im Schritttempo voran. Unklare Situation, etwa ein Unfall?

Fast alle vor mir fahrenden Fahrzeuge sind jetzt in Seitenstraßen abgebogen und ich kann einige Autos vor mir eine Straßenkehrmaschine erkennen, die mit 10 km/h durch die einspurige Baustelle tuckert und versucht den Bausand von dem alten Pflaster zu entfernen.

Was für eine hirnrissige Maßnahme!

Ich schwitze Blut und Wasser. Wie soll ich da noch pünktlich ankommen?

Michaela und Said werden sicher schon unruhig sein und sich fragen, warum ich noch nicht da bin. Bestimmt überlegen sie jetzt, doch wieder mit der Straßenbahn zum Standesamt zu fahren. Wenn ich sie nur irgendwie erreichen könnte, damit ich weiß, ob ich erst noch Richtung Frankfurter oder eher schon Mitte fahren soll, damit wir den Trauungstermin zusammen noch schaffen.

Endlich bin ich an der Kreuzung Danziger angekommen. Die Straßenkehrmaschine fährt geradeaus weiter, ich links rum und gebe Gas, so viel wie die anderen

Verkehrsteilnehmer vor mir es erlauben. Mein Blutdruck steigt an jeder roten Ampel. Hab mich entschlossen, doch erst noch in die Pettenkofer, Nähe Frankfurter Allee zu fahren, zu Michaelas Wohnung. In fünfzehn Minuten sollte die Trauung sein, was nicht mehr zu schaffen ist, weder mit dem Auto noch mit der Straßenbahn. Sie haben sich bestimmt schon mit der Straßenbahn auf den Weg gemacht. Ich werde wohl oder übel allein mit dem Auto hinterherfahren und als Trauzeugin zu spät kommen, wie unangenehm.

Ich biege in die Pettenkofer ein. Schon von Weitem sehe ich vor dem Haus, in dem Michaela wohnt, Said mit Josi allein an der Hand stehen. Mein Gott, was ist passiert?

Ich gebe Gas, bremse dann scharf, um zu parken, renne rüber zu den beiden.

„Was ist los? Wo ist Michaela?"

Said, ganz gelassen: „Sie ist hier um die Ecke in den Blumenladen gegangen, ihren Strauß abholen."

„Wie bitte???"

Ich laufe los, hoffe, Michaela kommt mir entgegen, dass ich nicht um den ganzen Block herum muss, treffe sie erst, als sie gerade den Blumenladen verlässt.

Noch ehe ich etwas sagen kann, empört sie sich:

„Na, denkst du, die haben die Rosen in creme, die ich extra bestellt hatte?! Jetzt muss ich zu meinem aprikotfarbenen Angorakleid rote Rosen tragen. Die haben sich auf keine Diskussion eingelassen."

„Hallo, du sollst in zehn Minuten getraut werden!", versuche ich zu mahnen.

„Na, denkst du, die haben das eingesehen, dass die Farbe nicht passt?", entgegnet Michaela unbeeindruckt.

Außer Atem kommen wir am Auto an. Ich riskiere Punkte und Bußgeld, es noch pünktlich ins Standesamt zu schaffen. Zwecklos. Als wir ankommen, steht die Standesbeamtin mit finsterer Miene auf der Treppe, das nächste Brautpaar ebenfalls und ein Mann und eine Frau. Zu der Frau geht Michaela als erstes, sagt etwas zu ihr. Sie geht.

Die Standesbeamtin kann nicht an sich halten: „Eigentlich dürfte ich sie gar nicht mehr trauen. Seien Sie froh, dass das nächste Brautpaar so tolerant ist. Die Zeremonie halten wir ganz kurz. Welche der beiden ist denn nun Ihr Dolmetscher, ach, ich sehe schon, die Dame ist gegangen."

Die Trauung wird vollzogen.

„Und Sie haben erklärt, Sie wollen von nun an gemeinsam den Namen Ferjani tragen", höre ich als letztes von der Standesbeamtin. Ich unterschreibe die Urkunde, stelle dabei fest, dass ich immer noch meine Sonnenbrille trage, die normale Brille vergessen habe. Werde auf dem Foto aussehen, wie eine Gangsterbraut.

Gruppenfoto vor dem Standesamt.

"Mensch, Said, pass doch auf. Dein Anzug kriegt doch ganz viele Fusseln von meinem

Angorakleid, wenn du so nahe an mich rankommst."

Said trägt einen dunkelblauen Anzug, sieht sehr gut aus, wagt sich nicht, zu widersprechen.

Wir fahren mit dem Auto ein Stück Richtung Schönhauser, müssen vom Parkplatz noch laufen zum Italiener. Michaelas Freundin mit Kleinkind ist mit den Öffentlichen auch schon eingetroffen. Michaela hakt sich bei der Freundin ein. Said, mit Josi an der Hand, macht den zaghaften Versuch neben Michaela zu gehen. Sie zischelt ihn an.

„Hallo, ihr habt gerade geheiratet, vielleicht solltest du mit deinem Mann Hand in Hand gehen?", wage ich zu sagen.

Michaela schaut mich unwillig an.

Der Italiener ist eine Pizzeria. Michaela teilt sich mit Josi eine Pizza. Ich esse hastig einen Salat, muss eilig in die Firma zurück.

Einige Zeit höre ich nichts von Michaela.

Irgendwann dann wieder ein Telefonat.

Ich frage nach dem jungen Glück.

„Na, der hat sich doch immer schon nach so einer umgesehen, die er mal beim Einkaufen kennengelernt hat, sone Dicke. Und überhaupt, der mit seiner Kultur. Die haben ja nen Vogel. Ich richte mich doch nicht nach dem. Was denkst du, wie meine Beine ausgesehen haben, dieser blöde Enthaarungstrick. Ich hatte wochenlang offene Stellen. Die ganze Haut hab ich mir abgerissen und auch sonst. Nee, soll er die doch nehmen, zu mir brauch der nicht mehr zu kommen."

Ich kann nichts sagen, die Worte fehlen. Entschuldige mich, Besuch zu bekommen, das Gespräch beenden zu müssen.

Den Namen Ferjani hat Michaela nach der Scheidung behalten. Er klinge so schön, sagt sie.

Als sie sich vor kurzem per Anruf für meine Geburtstagskarte bedankt, schließt sie noch schnell und wichtig an:

"Und, du-u, soll ich dir mal was sagen. Ich hab wieder einen Freund, ja! Naja, und du kennst mich, hatte immer jüngere. Diesmal sind's dreißig Jahre Unterschied. Mein Rekord. Mal sehen, was die Zukunft bringt."

Auftritt

Sylvia kam aus der Klinik.

Acht Wochen Therapie für die Suche nach sich selbst.

Vorausgegangen drei Jahre Fragen, wohin sie gehöre. Neue Wurzeln finden war schwer nach siebzehn Jahren im westlichen Ausland. Genug, um diese Zeit zu beenden, trotz aller Vorzüge. Ankommen wollte sie, bei der Familie sein, ihr Glück finden.

Unerwartet der Absturz ins Bodenlose, als sie merkte, dass sie siebzehn Jahre lang in rosa Wolken gelebt hatte. Bei den wenigen Besuchen zwischen ihren Auslandsaufenthalten im Haus ihrer Mutter, die Sylvias Sohn aus ihrer ersten kurzen Ehe großzog, hatte sie zwar schon immer der marode Zustand des alten Baues gestört. Rückschlüsse zur ebenso maroden Wirtschaftslage in Deutschlands Osten hatte sie nicht gezogen. Der Blick mit Abstand aus dem

Westen war zu unscharf, die Wahrnehmungen überlagert, zu lang die Zeit.

Nun Justitiarin einer Baufirma in der Kreisstadt. Tägliche Beinahe – Katastrophenmeldungen, Mangelverwaltung.

Mangelware Objekt von Schiebereien und Korruption. Ungeübt ihr Blick für nicht mehr zu Übersehendes. Hatte sie manche Dinge nicht wissen wollen?

Sylvia, 42 Jahre, stilsicher, gepflegt, Markenzeichen graue, sportliche Lederjacke. Unverwechselbares Gesicht. Etwas spröde. Ein wenig wie Simone Signoret in reiferen Jahren. Starke, wohlgeformte Augenbrauen über tiefliegenden, blauen Augen, diese geschützt durch lange Wimpern. Die Nase ein bisschen stupsig. Volle, aufgeworfene Lippen, je nach Stimmungslage schmollend oder trotzig. Kräftige, dichte Haare, immer korrekt zu einer sportlichen Kurzhaarfrisur geschnitten, konnten jedem Sturm trotzen, ohne sie durcheinanderzubringen, so wie es dieser ganzen Erscheinung nichts anhaben könnte, sich dem Wind entgegenzustellen. Sie schien stark genug.

Zeitgleich mit ihrem Auslandsaufenthalt hatte sie jegliche Bindung an einen Mann ausgeschlossen. Hoffte mit der Rückkehr, ihre große Liebe, ihren Traummann wiederzufinden, nach dem sie sich verzehrt hatte in all den Jahren wie ein pubertierendes Mädchen. Sie fand ihn nicht wieder, diesen Einzigartigen.

Als dann Rolf, wie sie reich an Erfahrung und Jahren, ihr den Antrag auf ein gemeinsames Leben gemacht hatte, meinte sie, sich fallen lassen zu können, sich einfach in seine starken Arme zu legen, seiner Zuverlässigkeit und Treue gewiss. Zwei Jahre dauerte es, bis es sich so falsch anfühlte, dass sie ausbrechen musste aus diesem vermeintlichen Glück. Die Scheidung ging schnell. Sie blieben Freunde, er liebte sie weiter, war für sie da in der Zeit, die folgte.

Sylvia hatte zu kränkeln begonnen. Ihre Beschwerden so diffus, dass sie keiner

Krankheit zugeordnet werden konnten. Magen, Galle, orthopädische Symptome, nichts ließ ihr Körper aus. Ein erfahrener Arzt nahm sich mehr Zeit für sie als andere zuvor, schaute hinter die Kulissen, fand Ursachen in Sylvias Seele – psychosomatisch krank. So war sie zu diesen acht Wochen Kliniktherapie gekommen und nun das erste Mal wieder an ihren Schreibtisch zurückgekehrt, widerwillig. Wusste, sie würde unterfordert sein in ihren Fähigkeiten und überfordert, Dinge zu regeln, wofür ihr Befugnisse fehlten. Ihre Seele nicht geheilt.

Pflicht und Disziplin vielleicht eine Chance. Dann war da noch die Neue, eine Adresse für Seelenmüll im Tagesgeschehen.

Die hörte ihr zu, wie sie sich nach durchwachten Nächten jede Bewegung mit Mühe erkämpfte, dauerdepressiv. Wie sie sich zwang, sich zu waschen, sich für die Arbeit professionell und gepflegt zu verkleiden. Wie sie endlich nach kurzer Fahrt im Betrieb ankam, tief durchatmete, mit geradem Rücken

Haltung annahm, bevor sie das Büro betrat und sich leise sagte: „Auftritt!"

Zwingend dieses Ritual, den Versuch durchzustehen, über den Beruf, die tägliche Pflichterfüllung wieder Halt zu finden, einen Sinn für ihr Leben.

Der krisenhafte wirtschaftliche und politische Verlauf dieses Jahres 1988 schien eine Parallele zu sein zu Sylvias Leben. Diese paradoxen Zustände einer geplanten Wirtschaftslenkung, deren Grundlagen auf mehreren Ebenen fehlten. Unter erzwungenen, aber falschen Voraussetzungen führte Sylvia im Namen des Betriebes Verhandlungen über wirtschaftliche Zusammenlegung zweier Produktionsstätten. Als Justitiarin hatte sie von Beginn an zum Scheitern verurteilte, administrativ auferlegte Exportziele und damit vorprogrammierte wirtschaftliche Schäden und Gesichtsverlust gegenüber westlichen Vertragspartnern zu vertreten. In beiden Fällen nicht persönlich verantwortete, aber doch Misserfolge, die sie

118

in ihrer depressiven Ziellosigkeit noch weiter in die Tiefe rissen. Vorhersehbar Sylvias Weg, einer gemütskranken Person, die keine Kraft und Orientierung besaß, diesem Strudel aus gesellschaftlichem und dem Chaos der Seele etwas entgegenzusetzen. Ein weiterer Absturz war unvermeidlich.

Das gleiche Ritual, als sie nach weiteren acht Wochen die Klinik verließ und die Arbeit wieder aufnehmen musste, mehr zerrissen als je zuvor. Der Chefarzt, ihr Therapeut, wollte herausgefunden haben, dass sie siebzehn Jahre lang auf den falschen Partner gewartet hatte, einen Mann. Nach seiner Psychoanalyse bescheinigte er ihr Homosexualität. Erschrocken, ungläubig, aber bereit, sich selbst in Frage zu stellen, hatte Sylvia versucht, ihre sexuellen Empfindungen zu prüfen. Es war ihr unangenehm, wenn sie versehentlich in räumlicher Enge die Brust einer Frau berührte. Immer hatte sie abgelehnt, mit Frauen zu tanzen, wenn es an Männern mangelte. Sie spürte keine sexuelle Erregung beim Anblick anderer Frauen. Trotzdem war sie bereit, sich diesem Thema zu stellen. Ein letzter Versuch.

Sie erschien zwar jeden Tag an ihrem Arbeitsplatz, jedoch jeden Tag und erst recht nach ihren nun vielfältigen Erfahrungen in ihre Maske gezwungen und immer wieder als Krücke ihr Auftrittsritual.

Sie suchte und fand Kontakt zu anderen homosexuellen Frauen. Erfuhr von deren Diskriminierung, wenn sie eine öffentliche Position bekleideten, wie Bürgermeisterin oder Gemeindeschwester. Sylvia wehrte sich gegen Anträge junger Damen, die in ihr eine Versorgerin erwarteten, weil sie vielleicht erpressbar durch berufliche Stellung oder Leidenschaft wäre, nachdem Sylvia per Kontaktanzeige zunächst zum Schein ihre sexuelle Orientierung vorgegeben hatte. Ein vorsichtiger, unsicherer Versuch, tatsächlich einmal körperlichen Kontakt zu suchen, wurde ihr zum abstoßenden Erlebnis, als ihr ihre Verabredung die Wohnungstür öffnete, noch erhitzt und gerötet, strengen Duft verbreitend vom gerade beendeten Liebesspiel mit einer anderen Frau, die hinter der Gastgeberin durch den Türspalt lugte. Verschreckt und panisch hatte Sylvia die Flucht ergriffen.

Ihre Seelennot wurde unerträglich. Mit äußerster Kraftanstrengung trug sie ihren Körper dorthin, wo es Pflicht war, zu erscheinen, befolgte nur noch Routineabläufe.

Es gab für sie nur noch ein Ziel, das sie mit festem Willen verfolgte – dieses Leben zu beenden.

Ihr Therapeut bescheinigte ihr keinen Krankheitsausfall mehr, bot ihr als Alternative den dauerhaften Klinikaufenthalt an und prophezeite ihr entweder für dort ein lebenslanges Dahinvegetieren oder den schnellen Freitod: „Auf meinem Friedhof liegen schon einige." Sie entschied sich scheinbar für die Pflichterfüllung am Arbeitsplatz, erschien weiterhin jeden Tag gepflegt, äußerlich unverändert und gab ihre Vorstellung.

Sylvias Zuhörerin wusste um alle Versuche, dem Leben etwas Wahrheit abzuringen über sich selbst und irgendwo wieder Halt zu finden. Jetzt nach vielen gescheiterten Versuchen eine neue Qualität. Es gab nur noch eine Frage zu klären: „Wie beende ich mein Leben am sichersten?" Ihre Kollegin, die Sylvia täglich mit Details informierte, riet ihr ab davon, sich mit dem Auto fahrend von einer Brücke zu stürzen, um andere nicht zu gefährden und möglicherweise querschnittsgelähmt oder anderweitig behindert weiter zu vegetieren, wenn der Versuch misslänge. Auch brachte sie sie davon ab, sich in der Garage mit Abgasen zu vergiften, um ihrer Mutter oder der Personen willen, die sie damit noch gefährden könne. Der Versuch, ein Unkrautvernichtungsmittel zu trinken an jenem Wochenende, in das sich Sylvia mit einer innigen Umarmung von ihrer Vertrauten verabschiedet hatte, scheiterte an der Brechreiz auslösenden Wirkung des starken Giftes. Am darauffolgenden Montag berichtete Sylvia von ihrem missglückten Versuch, sich immer noch vor Ekel schüttelnd.

Niemand der Kollegen hatte Sylvias tatsächlichen Zustand wahrgenommen. Ihr Auftritt war wie immer undurchschaubar. Man hatte sich daran gewöhnt, dass Sylvia Probleme hatte und irgendwie krank war. Wie es genau um sie stand, wusste niemand.

An einem Dienstag legte Sylvia ihrer Vertrauten einen Zettel vor mit der Bitte um Weiterleitung an den Chef:

„Gutstunden von Dienstfahrten möchte ich gern am 22.11. abbummeln, da Termine beim Arzt, bitte um Genehmigung."

Vorbereitung für ihren letzten Auftritt.

Noch am selben Abend nahm sie eine große Menge Schlaftabletten zu sich, legte sich in ihr Bett und zog sich einen dichten

Folienbeutel über den Kopf, den sie unter dem Kinn verschnürte.

Ihre Mutter fand sie am nächsten Morgen.

WIE EINER EIN AUßENSEITER WURDE-MONOLOG

Hierher hat es mich nun verschlagen, auf diesen Parkplatz vor dem Lebensmitteldiscounter.

Ich merke, dass ich mir einen monotonen Singsang angewöhnt habe beim Betteln um den Euro für den „Straßenfeger". Die dicke Alte da mit ihrem BMW hat doch bestimmt einen Euro übrig. Nein, auch die schiebt den Einkaufswagen in die Reihe, ohne einen Blick für mich. Steckt das Geld wieder in die Tasche und fährt mit ihrer Nobelkarosse davon. Dabei habe ich gespürt, dass sie mich bemerkt hat und so schnell wie möglich an mir vorbei wollte, auch wenn sie nicht hergesehen hat.

Ah, die Junge mit dem Kind an der Hand, die gibt mir was.

„Danke schön, meine liebe junge Frau."

Gibt ja doch noch Leute mit Herz.

Was denke ich hier eigentlich.

Hab doch selbst mal auf solche Schlitten gestanden wie die dicke Alte da, bis die große Baufirma mich hängen lassen hat und ich zum Amtsgericht gehen und die Finger zum Offenbarungseid heben musste.

Niemals wollte ich zu den siebzig Prozent Neugründungen gehören, die ihr Geschäft wieder aufgeben müssen. Hab gekämpft die ganzen Jahre.

Zu Anfang lief's ja ganz gut. An großen öffentlichen Bauten im Berliner Osten war ich mit meiner Firma beteiligt. Hatte Kraft für drei. Hab mich nicht lange aufgehalten, Rückschau zu halten. Hab nach vorn geschaut, geackert wie ein Ochse und scheinbar was aufgebaut.

Rita, meine Frau ging erst am Kudamm ihre Kleider kaufen, später in der neuen Mitte Ost, die Friedrichstraße immer lang, Designerfummel und edles Parfüm. Zu Anfang noch anschließend zu Kaffee „Kranzler". Wie oft hat sie zu Ostzeiten geseufzt:

„Einmal im Kaffee ‚Kranzler' sitzen und auf'n Kudamm schaun."

War son Kindheitsding von ihr, entstanden in der Zeit, als es die Mauer noch nicht gab und sie mit ihrer Mutter regelmäßig „drüben" war.

Als im Osten dann auch so feine Gasthäuser entstanden, hat sie die ausprobiert. Sich wenigstens so fühlen, als ob man ganz reich wäre und es geschafft hätte.

Manchmal, wenn ich Rita ansah, fiel mir Vaters Spruch ein: „Wer alle Tage fein ist, ist niemals fein." Für sie gab's keine Unterschiede mehr in der Alltäglichkeit.

War wohl überholt. Passte nicht mehr in die Zeit. Vater auch nicht, hat Mutter nicht lange überlebt nach `89.

Rita hatte ja auch schon ein Stück Leben hinter sich. Hat früher in rollender Schicht bei Narva Glühbirnen geprüft. Sollte sie sich ruhig was gönnen.

Sie blühte so richtig auf, als Berlin immer mehr Multi-Kulti wurde, der Hauch der großen, weiten Welt im Osten angekommen war. Unsere teure Amerikareise hätten wir uns sparen können. Die ganze Welt tummelte sich jetzt in Berlin.

Natürlich auch die Russen, die wir noch als arme Muschkoten kennengelernt hatten und von denen wir gar nicht wussten, woher die auf einmal ihren Reichtum hatten, den sie vor sich hertrugen. Die lebten ja besser als ich, hatten die Überholspur genommen.

Was haben wir früher über den Spruch gelacht: „Von den Freunden lernen, heißt siegen lernen", wenn wir die armen Soldaten auf den Mannschaftswagen sahen oder mal wegen einer Baustelle in die russische Kaserne mussten und entsetzt waren über die armseligen Behausungen der Offiziere. Und jetzt liefen die mir den Rang ab. Nicht zu fassen!

„Danke, der Herr, möchten Sie nicht die Zeitung mitnehmen, bitte schön."

Scheint ja heut ganz gut zu laufen.

Manchmal, wenn ich einen Geschäftstermin hatte und unbedingt den feinen Zwirn anziehen musste, traf ich mich mit Rita zwischendurch zum Essen. Hatte schon was, dieses Gesumme, Lamentieren in allen Sprachen, so ein Duft nach Kaffee und Schokolade, feinem Parfüm und Nelken und wenn der Grappa ins Glas floss. Die Menschen unverstellt und selbstbewusst: Wir sind wer.

Kein Vergleich mit dem Schlosscafé in meinem Heimatstädtchen, wo alle irgendwie gleich aussahen und sich scheinbar auch mit den Klamotten verabredet hatten, dass niemand aus der Reihe tanzte – uniform eben.

Ich brauchte ja nicht viel. Der Tag hatte immer mindestens zwölf Stunden, auch am Wochenende. Auf dem Bau trägt keiner Armani, da muss man hier und da mal zupacken, auch als Chef. War mir schon immer zu viel, wegen eines Auftrags oder der Kontakte verkleidet in Bügelfaltenhosen und Sakko in die Nobelrestaurants zu müssen, meist zu dem schicken Italiener in der Budapester, Geheimtipp. Da traf man außer Geschäftsleuten auch schon mal den einen oder anderen Politiker. Pflege persönlicher Verbindungen beim Geschäftsessen.

Und dann immer zu den Messen, Berlin, Frankfurt, Hannover. Sehen und gesehen werden in der Branche, man gehörte dazu. Blieb man weg, existierte man nicht mehr.

Mir war mein Haus wichtig, endlich mal so bauen, wie ich es mir in meinen tiefsten Ostzeiten gewünscht hatte.

War ja lange Bauleiter. Angefangen im Berlin der 70er Jahre, wo an jeder Ecke was Neues hochgezogen wurde, war ich sogar ein bisschen privilegiert. Hatte gleich in Marzahn eine Fünf-Zimmer-Erstbezugswohnung gekriegt. War schon was Besonderes. Ging lange gut, ein halbes Berufsleben. Doch dann, die Wende....

Hab eben noch mal losgelegt, nicht nur mit dem Geschäft. Hatte Glück, ein

Grundstück im Norden Berlins zu bekommen, im Grünen, aber noch Hauptstadt. Material gab's ja jetzt, sogar Carrara-Marmor, wenn man den bezahlen konnte. Es wurde mein Traumhaus und mit Rita hatte ich noch einmal eine richtig gute Zeit.

Na gut, ein großes, deutsches Auto gehörte dazu, war ja zeitweise mein Wohnzimmer. So viel, wie ich unterwegs war, da sollte es schon schnell und komfortabel sein. Beim Check in der Werkstatt haben sie immer gemeint, ich wohne in dem Auto bei den Kilometern, die ich jedes Jahr auf der Uhr hatte. Na, und so ein Auto ist nicht für kleines Geld zu haben.

Großes Haus, großes Auto, schicke Klamotten für die Frau. Kinder hatten wir keine. Zuerst hatte Rita welche gewollt, war im Heim aufgewachsen, wollte sich die ideale Familie schaffen. Als Rita die dritte Fehlgeburt hatte, haben wir aufgehört zu probieren und so waren die Klamotten für sie auch ein bisschen Ausgleich. Hab nie was dagegen gehabt, auch nicht, als sie dann zu dem Promifrisör am Ku'damm ging.

Jetzt ist hier tote Hose, machen alle Mittag, reicht noch nicht, was heut in der Mütze liegt, werd hier noch zwei Stunden stehen müssen.

Vielleicht hab ich nicht immer weit genug in die Zukunft gesehen, hatte ja Kredit bei der Bank.

„Wie viel wollen Sie denn, Anruf genügt, jede Summe, die Sie brauchen."

Das war doch mal eine Ansage. Wie, zurückzahlen bei dicken Zinsen? Ist doch kein Problem für mich, ich der Macher, wer sollte da zweifeln.

Die Geschäfte liefen, das Geld schlug sich um auf dem Konto. Schien sicher zu sein. Blieb aber nicht so. Als die ersten ihre Träume verloren hatten, die harten Bandagen rausgeholt wurden und die spitzen Ellenbogen ausgefahren, war's aus mit der deutschen Vereinigungsliebe und jeder hat gegen jeden die Preise unterboten,

132

nachgebessert bei den Ausschreibungen, um bloß einen Auftrag zu erhaschen. Die aus'm Westen hatten das Spiel schon länger geübt, sprachen sich ab. Hier kämpfte jeder für sich allein, Angst vor der Konkurrenz. Die Marge schmolz ins Marginale und mit ihr das bisschen Eigenkapital von der Firmengründung. Das Konto bewegte sich nur noch in roten Zahlen.

Jeden Tag der Anruf von der Bank nach Ausgleich und jeden Monat die Hosen runter lassen mit den Firmenzahlen.

Datenschutz, Hemmungen, Privatsphäre, solche Befindlichkeiten sind Termini, die keine Daseinsberechtigung haben im Geschäft mit der Bank. Da kommt alles auf den Tisch.

„Ihre Frau will nicht bürgen? Na, wenn Ihre Frau Ihnen nicht vertraut, warum denn wir, also mal runter mit der Kreditlinie, wir müssen ja schließlich an unser Risiko denken, die Zinsen könnten Sie sonst gar nicht bedienen, wenn wir das Risiko tragen müssten. Ihre Tatkraft in allen Ehren, aber nun müssen Sie eben lernen, kleine Brötchen zu backen."

Und dann noch der Himmelhund, der sich abgesetzt hatte, unbekannt verzogen, ohne seine letzte Rechnung zu bezahlen.

Von zu Hause konnte ich nichts mehr mitbringen.

Die Schere ging so weit auf, dass selbst das Carrara-Marmor-Haus als Sicherheit nicht mehr reichte.

„Ganz schlechte Zeiten für Immobilienverkäufe, Herr Ziemer, wir werden wohl das Haus verwerten müssen. Tja, die Verluste müssen Sie natürlich tragen, so ist das Geschäft, war ja Ihr gewünschtes Kreditengagement."

Warum hatte ich mir keine Kalaschnikow besorgt, als es noch möglich war, nach der Wende.

Na, weil ich ja von Grund auf ein friedfertiger Typ bin, geh doch nicht mit einer MPi auf Menschen los, bin überhaupt eher der

Pazifist. Reichte noch nicht einmal zu den harten Bandagen und den spitzen Ellenbogen, hatte mehr auf Kameradschaft und Vertrauen gebaut im Geschäft. Hab doch nicht geglaubt, dass man da schneller verraten wird, als die Tinte unter dem Auftrag trocken ist.

Da war auf einmal auch die Liebe aus. Meine Frau hat sich `nen andern gesucht.

Kein Wunder, hab ja nur noch gesoffen. Sie konnte mir auch nicht so richtig verzeihen, dass ich Christa wieder getroffen hatte, mit der ich zusammen in Erfurt studiert und einen nie wieder erreichten Sex hatte. Leider war Christa nach dem Studium an die Küste zurückgegangen. Wegen ihrer Eltern, hatte dann auch bald einen von da geheiratet. Der war aber später, noch kurz vor dem Mauerfall getürmt.

In einer Bauberatung in Strausberg saß sie mir dann plötzlich gegenüber und es brauchte nicht viel, uns sehr deutlich an unsere Studienzeiten zu erinnern. Mit Rita lief's grade nicht so gut zu der Zeit. Ihre Flausen wuchsen sich aus, wie bei des Fischers Frau. Konnte nicht genug kriegen von allem, wurde mir fremd. Die Nobelboutiquen in der Friedrichstraße waren ihr zweites zu Hause geworden. Christa traf unabsichtlich in die wunde Stelle und mit Cola-Bacardi versuchten wir, uns unsere Jugend zurückzutrinken, vögelten uns das Hirn aus dem Kopf, wo immer ein Parkplatz war oder im Büro oder in der Baubude, wenn alle weg waren.

Kein Zustand auf Dauer. Die Zeit hatte auch Christa und mich verändert, das Vögeln allein hielt uns nicht zusammen. Auch lief das Bauprojekt aus, das wir gemeinsam durchgezogen hatten. Rita hatte was gemerkt. Versuchte, die Sache nicht zu dramatisieren. Bis ihre Stunde mit meiner Firmenpleite kam. Da hatte sie sich schon anders orientiert, sich so einen Anzugträger geangelt, der immer nach feinem Markenparfüm roch. Den Duft hatte sie oft genug mit nach Hause gebracht, dachte, ich merke es nicht. Mir blieb also noch das schicke Auto, als die Firma kaputt und das Haus versteigert war und mein geliebter Cuba Libre. Ich soff mich um den Verstand. Fuhr auch noch das Auto zu Schrott. Fiel durch jede Vorstellung bei der Wohnungssuche, weil meine besten Freunde immer noch Cola und Barcadi hießen, jedenfalls so lange ich noch ein paar Kröten hatte. Dann war's mir egal. Ich soff, was dröhnte. Hauptsache, ich brauchte nicht mehr nachzudenken über alles. Es war Sommer und man konnte gut im Freien schlafen. Die ersten beiden Wochen hatte ich noch die feste Absicht, mir eine Wohnung zu suchen, wirklich. Scheiterte aber bald schon an meinen dreckigen Klamotten. Traute mich auch nicht zu meinem Kumpel Gerhard, bei dem ich einige Sachen untergestellt hatte. Wenn ich es schaffte, einigermaßen geradeaus zu schauen und zu laufen, hatte ich noch Hoffnung und brachte mich auf öffentlichen

137

Toiletten ein wenig in Form. Meine Vorstellung von ‚in-Form" hatte sich inzwischen Meridiane entfernt von meinen ursprünglichen Maßstäben. Irgendwie begann ich, mich zurecht zu finden in der Szene, wusste, wo ich kostenlos zu Mittag essen und auch duschen konnte. Dann kam mein Treppensturz, die lange Treppe in der Friedrichstraße runter. Ich schlug mir zwei Vorderzähne aus. Rannte erst mal eine Weile so herum. Die Drogentussie, die dort immer auf der halben Treppe im Schneidersitz saß mit ihrer Zeitung für Spritzbesteck und Bettelgroschen vor den Beinen, gab mir den Tipp mit dem Andreashaus am Ostbahnhof, da gab's Ärzte, die umsonst behandeln, auch Zahnärzte.

Ich schlich erst eine Weile am Ostbahnhof rum, schlief mit den Kumpels an der Bushaltestelle, wo der Gestank von Pisse und Erbrochenem in der Nase ätzt. Meine Schlafstelle markierte ich rundherum mit

Kronkorken, die ich in den weichen Asphalt drückte – mein Platz!

Auch hier, zwei Mal um die Ecke von der Friedrichstraße entfernt, gab es Menschen aus aller Herren Länder. Ein Kommen und Gehen. Zu und von den Zügen, der S-Bahn. Verbindungen zwischen Ost und West, europaweit, schneiden sich hier. Ein anderes Gesumme: Absätze klappern, Kofferrollen brummen laut auf Steinfußboden, Polizei und Krankenfahrzeuge in Dauerbereitschaft. Gegenüber vom Bahnhof, wo noch ein Stück Mauer für die Touristen steht, immer frisch gestrichen oder gesprüht, fließt die Spree, am anderen Ufer liegt Kreuzberg.

Immer was los da. Auch Frauen gab's, junge Punks und abgetakelte Fregatten aus dem Rotlichtmilieu, die sich schreiend teuer verkaufen wollten. Auch eine ohne Zähne. Mich hat's geschüttelt, in den offenen schwarzen Mund zu sehen, aus dem trunkene, zerkaute Laute waberten. Ich hatte mich weggedreht und war langsam zur Straße gelaufen.

Dann sah ich Erwin, der schon 20 Jahre auf der Straße lebt und nicht mehr wegkommt vom Suff. Auf der Grünfläche zwischen den Fahrbahnen hockte er mit heruntergelassenen Hosen und verrichtete sein großes Geschäft.

Verdammt, Erwin! Es war zwei Uhr mittags.

Ich musste etwas warten, bis der fließende Verkehr nachließ, damit ich über die Straße kam, zum Andreashaus.

Ich weiß nicht, wie ich aussah, weiß auch nicht, was ich sagte, jedenfalls bekam ich einen Termin für die Zahnärztin.

Reste von Regeln, dass man zum Zahnarzt nicht mit einer Fahne geht, blubberten an die Oberfläche.

Ich ging zu Gerhard. Wortlos ließ er mich ins Bad, gab mir frische Sachen.

Bloß gut, dass ich's geschafft habe, trocken zu werden. Hatte Glück, dass mein

Saufen nur Gewohnheit, keine Krankheit war.

Meine Träume habe ich alle vergessen, komm wohl nicht mehr auf die Beine. Bin froh, abends in der Unterkunft einen Platz zu kriegen. Am Ostbahnhof war's mir zu dreckig und die Gefahr zu groß, mich wieder mit dem Kumpel aus der Flasche zu trösten. Bin lieber in dieses kleine Nest gegangen, wo die anderen mich nicht suchen und ich mich vielleicht selbst wiederfinde.

Vielleicht hat die dicke Alte mit dem großen BMW auch mehr Schulden als ich und gibt mir deshalb keinen Euro für meine Zeitung. So, wie die aussieht, könnte die doch woanders einkaufen als bei dem Discounter hier, wo schon mal der eine oder andere in die Ecke pisst.

Schlechte Einnahme heute. Halten wieder mal alle ihre Taschen zu.

Na, die Junge da, die gibt mir was, die kramt schon nach Kleingeld.

Möchte auch nach Hause gehen in die warme Stube, es mir gemütlich machen. Mit meinem zugelaufenen Vierbeiner Flocki, auch wenn er meistens stinkt. Aber dann würde ich ihn ja regelmäßig baden. Mich auch. Ist ja klar, dass die Leute manchmal einen Bogen um mich machen.

Es muss ja nicht wieder ein Carrara-Marmor-Haus sein. So eine kleine eigene Wohnung mit zwei Zimmern oder drei und eine Braut, ein bisschen so wie Rita...

DER HANDSCHUHKAUF

Weihnachten steht vor der Tür.

Was schenke ich meinem Mann?

Mir fallen seine Handschuhe ein, deren braunes Leder schon recht mitgenommen aussieht.

Auch habe ich kürzlich einen Faden an ihnen hängen sehen, der ahnen ließ, dass bald eine Naht aufginge von den guten Handschuhen, die mein Mann schon vor unserer noch jungen Ehe besaß.

Also, denke ich, wird er sich über ein paar neue Lederhandschuhe freuen. Ganz beiläufig frage ich ihn in einer zärtlichen Stunde, als ich seine Hände liebkose: „Welche Handschuhgröße hast du denn eigentlich?" und fast wie ich es erwartet habe, antwortet er: „Die größte."

In unserer Stadt gibt es ein gut sortiertes Fachgeschäft für Lederwaren. Es wird geführt von einer Dame alten Schlages, die ihrem Berufsstand als Fachverkäuferin alle Ehre macht.

Gutgelaunt, weil wissend, was ich meinem Mann zu Weihnachten schenken kann, betrete ich den Laden.

„Sie wünschen, bitte?", werde ich freundlich empfangen. Ihre Augenbrauen heben sich bei der Frage etwas an.

„Ich möchte bitte ein paar braune Herrenlederhandschuhe." „Welche Größe?"

„Die größte Handschuhgröße, die es gibt."

„Aber - das ist die Größe 9 ½."

„Ja, bitte, wenn das die größte Größe ist."

Die Frau sieht mich skeptisch an. Sie nimmt mir mit meinen paar an zwanzig wohl nicht ab, dass ich so genau Bescheid weiß über Handschuhgrößen, geht aber an ein Regal und holt verschiedene Handschuhpaare, um sie mir zu zeigen.

„Wissen Sie, 9 1/2 ist schon sehr groß", wendet sie noch einmal ein.

„Ja, mein Mann ist ja auch sehr groß."

Ich selbst bin einen Meter fünfundsechzig. Sie mustert mich.

„Doch, doch, mein Mann ist fast zwei Meter groß." Nun werden ihre Augen runder.

„Welche Schuhgröße hat denn Ihr Mann?" Mir fiel ein, einmal gehört zu haben, dass es üblich ist, von der Schuhgröße auf die Handschuhgröße zu schließen.

„Danach können Sie nicht gehen, Füße hat mein Mann ganz kleine, also nicht so große, wie er selbst ist, ich meine die Füße passen nicht zu seiner Körpergröße. Ach, was rede ich denn da, also er hat für seinen großen Körper zu kleine Füße, aber dafür die größten Hände."

Die Augen der Fachverkäuferin werden größer, ihr Gesicht nimmt eine undefinierbare Milde an.

„Also, nicht, was Sie denken, mein Mann ist ganz normal gebaut, nur, das alles von der Größe her nicht so zueinander passt."

„Wissen Sie was", sagt die Verkäuferin sanft, „nehmen Sie doch einfach mal diese Handschuhe in Größe 9 ¼ mit. Bewahren Sie den Kassenzettel auf und wenn sie nicht

145

passen sollten, kommen Sie sie nach Weihnachten umtauschen."

Ich beeile mich, zu bezahlen, verlasse den feinen Laden, drehe mich auf der Straße noch einmal um und sehe die Verkäuferin hinter der Schaufenstergardine neugierig Ausschau halten. Nach meinem verwachsenen Mann?

FILMBALL MIT BESONDERHEITEN

Herbst 1986. Als kultureller Höhepunkt der Saison wird morgen im Regiment ein Filmball stattfinden. Mein Mann, Kulturoffizier der Nationalen Volksarmee, hat ihn mit dem Klubhausleiter des Regimentes gemeinsam vorbereitet. Dazu waren sie extra zum Filmball ins berühmte Berliner Kino „International" gefahren, um einen prominenten Gast für die Veranstaltung hier in der Kreisstadt im Norden Berlins zu binden. Es war ihnen tatsächlich gelungen, den Schauspieler und Regisseur Rolf Römer für diesen eher provinziellen Auftritt zu gewinnen. Römer kannte jeder aus DEFA-Filmen wie „Die Söhne der großen Bärin" und „Chingachgook, die große Schlange" oder „Werner Holt". Prominenter gings kaum.

Mein Mann braucht für das Ereignis unbedingt noch ein neues Hemd, und es muss ein gutes sein. Ich gehe in den

Bekleidungsladen der DDR-Nobelmarke „Exquisit". Der Name steht nicht nur für Qualität, sondern auch für die Preise. Ein Hauch von Luxus. Im Laden begrüßt mich Frau Hollatz, Gattin des Standortkommandeurs unseres Kreises, Oberst Hollatz:

„Ach, soll wohl noch für morgen sein? Sind Sie auch schon so gespannt? Die Hannemann kommt ja!"

Ich, erstaunt: „Die Hannemann kommt nicht."

„Doch, doch, weiß ich doch von meinem Mann."

Ich: „Nee, nee, da scheint was verkehrt gelaufen zu sein in der Info. Von der Hannemann war nie die Rede für den Filmball. Der Römer kommt!"

„Wie, Römer?"

„Na, Rolf Römer!"

„Der Römer???"

Ihr Mundwinkel verzogen sich nach unten.

148

Ich bezahle das weinrote Hemd, das mir Frau Hollatz aus dem hintersten Depot geholt hat. Vorn im Laden gibt es keins mehr, sogar hier Mangel. Ich verlasse den Laden mit einem kurzen Gruß und Frau Hollatz mit säuerlich verzogener Miene.

Am Samstagabend ist der Saal voll. Offiziere mit ihren Ehefrauen, bedeutende Gäste aus Stadt und Kreis sind gekommen. Nicht nur Standortkommandant Oberst Hollatz mit seiner exquisiten Frau, auch der Leiter der Kreisdienststelle der Staatssicherheit mit Gattin gehören zu den Gästen, sitzen gemeinsam an einem Tisch.

Mein Mann hat Rolf Römer mit dem Dienstauto von zu Hause abgeholt. Römer trinkt bei uns am Tisch locker seinen doppelten Cognac aus dem großen Schwenker. Ich freue mich über den unbefangenen Umgang des Stars mit uns Landeiern. Wir sitzen voller Ehrfurcht vor dem großen Mimen und staunen, dass er ein Mensch ist, wie wir auch.

Der Höhepunkt des Abends nähert sich.

Hendrik, Offizier gleichen Jahrgangs und Dienstgrades wie mein Mann, begabt und bekannt als Hobbyentertainer, interviewt den prominenten Gast. Dazu ist in der Mitte des Saales ein Podest aufgebaut, von allen Seiten gut einsehbar. Beide Männer sind gut zu verstehen, es sieht ein bisschen aus wie im Westfernsehen bei Günter Gaus in dessen Sendung „Zur Person".

Inspiriert von Hendriks Fragen lässt Römer sich nicht lange bitten, blickt vom Podest in den Saal, räuspert sich und beginnt zu erzählen, von seiner wechselvollen Karriere als Schauspieler und Regisseur, von gesellschaftskritischen Filmen, die nicht aufgeführt wurden.

„Ich stehe auf dem Index, Punkt."

Er jammert nicht, er klagt nicht an, er berichtet und formuliert diplomatisch, doch deutlich verständlich. Von Hendrik nach seiner Armeezeit befragt, antwortet Römer schlicht: „Um die achtzehn Monate Wehrdienst kam ich nicht herum."

„Und wie war Ihre letzte Begegnung mit den bewaffneten Organen?", fragt Hendrik, der sich gut vorbereitet hat.

„Na, da bin ich verhaftet worden", antwortet Römer.

„Verhaftet?! Warum? Erzählen Sie doch mal!"

„Tja, wie schon einige Male, hatte ich mal wieder so eine Karte bekommen, mich zum Reservedienst zu melden. Ich steckte in Dreharbeiten und hatte viel um die Ohren. Was mit der Karte tatsächlich passiert ist, kann ich nicht mehr so genau sagen. Vielleicht habe ich vergessen, sie bei der DEFA zwecks Freistellung vorzulegen oder die haben's vergessen. Eines schönen morgens jedenfalls klingelte und klopfte es an meiner Tür. Wer stand davor? Die Polizei. Ich wäre meiner Pflicht zum Reservedienst nicht nachgekommen und man müsste mich jetzt zuführen. Ich berief mich auf die

Freistellung von der DEFA, die doch vorliegen sollte und so weiter, und so weiter. Es läge nichts vor, es ginge sie auch nichts an und ich müsste jetzt mitkommen, ich sei verhaftet. Können Sie sich das vorstellen? Die haben mich wirklich verhaftet und in eine Zelle gesperrt, wo ich eine Nacht verbrachte, nicht ohne zu protestieren und darauf hinzuweisen, dass Dreharbeiten auf mich warten. Hab mich immer wieder auf die Verpflichtungen bei der DEFA berufen. Irgendwann kam dann einer, so ein Wichtiger, so ein ‚Zitzewitz‘, rückte sich grade vor mir und sprach dann auch so, wie ein ‚Zitzewitz‘." Römer krächzt und räuspert sich, näselt, äfft nach, gibt mit der Stimme den hochnäsigen Offizier.

Das Publikum geht mit. Herzhaftes Lachen im Saal.

Plötzlich wird lautstark ein Stuhl gerückt. Ein festes Klappern, Staksen hochhackiger Schuhe auf Parkett bringt schaurige Stille in den Saal. Alle Augen blicken auf das

Trampel, das so rücksichtslos das Interview zerstört, Römers amüsanten, doppeldeutigen Vortrag so nervend unterbricht. Es ist Frau Hollatz, die zum Ausgang läuft, mit Schmackes die Klinke der Saaltür herunterschlägt und diese anschließend hinter sich mit lautem Knall zufallen lässt.

Hendrik versucht das Interview sauber zu beenden. Die Zuhörer im Saal erfahren noch, dass dieser „Zitzewitz" Römers Einwände ernst genommen hatte und telefonierte. Römer musste nicht zum Reservedienst einrücken und auch nicht weiter einsitzen. Ein Sieg für den Indianer.

Der Versuch der staksigen Schuheinlage hat nicht verfangen. Das Publikum behält seine launige Stimmung und belohnt den Künstler mit reichlich Applaus.

Das Interview mit Römer war der abschließende Höhepunkt des offiziellen Programms. In der Pause bis zur Eröffnung des Tanzes bringt mein Mann den prominenten Gast wieder nach Hause.

Plötzlich Trubel an unserem Tisch. Oberst Hollatz steht da und fordert den im militärischen Rang niedrigeren Regimentsältesten Oberstleutnant Lange auf, zu dem unerhörten Vorfall von eben Stellung zu beziehen.

„Wer hat überhaupt den Römer eingeladen?", fragt der Oberst scharf. Oberstleutnant Lange antwortete wahrheitsgemäß: „Das war der Genosse Major Bertram, der Kulturoffizier."

„Das gibt ein Nachspiel. Ich werde mich an höherer Stelle, beim Divisionsstab über die Angelegenheit beschweren. Das wird Konsequenzen haben!"

Oberst Hollatz geht an seinen Tisch zurück. Dort wartet seine Frau, Verkäuferin im „Exquisit"-Laden. Der Stasi-Kreisdienststellenleiter gibt sich sehr gelassen.

Was war denn das? An unserem Tisch zunächst verhaltenes Murmeln, Grinsen, irgendwann lautes Lachen. Haben wir Grund zur Sorge? Niemand kann es fassen, dass hier gerade ein „Vorkommnis" konstruiert werden soll.

Rückkehr zum geselligen Abend. Mein Mann kommt wegen der langen Fahrt mit Römer erst zum Ende des Balles wieder. Auf der Heimfahrt erzähle ich ihm vorsorglich vom Auftritt des Oberst.

Eine Woche später Anruf vom Divisionsstab: Oberstleutnant Lange solle Bericht erstatten zu dem vom Oberst Hollatz geschilderten „Vorkommnis" mit Rolf Römer im Regiment.

Oberstleutnant Lange erstattet Bericht und wird gefragt: „Und, was ist Ihre Schlussfolgerung aus dem Vorkommnis?"

Oberstleutnant Lange: „Wir laden den Oberst nicht mehr ein."

„In Ordnung", die Antwort aus dem Divisionsstab, „Angelegenheit erledigt."

155

Ein besonderer Urlaub

Kapitel 1 – Feuerprobe

Die letzte Woche war anstrengend. Jeden Tag an dem P70 bauen. Eigentlich ist er ja seit drei Wochen fertig.

War schon eine Herausforderung, diese alte Scheese aus dem Schrebergarten zuerst mal von dem Gras zu befreien, das um sie herum gewuchert war. Der Vorbesitzer wollte das Vehikel eigentlich verschrotten, auf jeden Fall irgendwie loswerden. Seine Frau arbeitete mit meiner Schwippschwägerin zusammen, wodurch wir davon erfuhren.

Nach dem unverhofften Hauskauf, der unser Haushaltsbudget monatlich arg belastete, war an ein neues Auto vorläufig nicht zu denken. Die Preise für gebrauchte Autos, die man sowieso nur auf mehr oder weniger illegalen Automärkten bekam, waren ins Utopische gewachsen, lagen in der Regel beim Doppelten des Neuwagenpreises.

Unsere kilometerlangen Wege von und zur Arbeit, von und zu den Kindereinrichtungen mit dem Fahrrad bei Wind, Starkregen, Schnee und Frost waren starke Argumente, sich trotzdem nach einem überdachten, motorisierten Transportmittel umzusehen, schon fast egal in welchem Zustand. So waren wir zu diesem Vehikel gekommen.

Mithilfe meines Schwagers, der schon einige Jahre so einen Autotyp fuhr und im ersten Beruf Kfz-Elektriker war, traute ich mir zu, dieses teils schon verwitterte Gefährt wieder aufzumöbeln. An einem Sonntagnachmittag schleppten wir also dieses Teil in unsere Wellblech-Garage, die da noch vom Vorbesitzer stand. Mulmig war mir zumute, ob ich den Mund nicht zu voll genommen hätte. Klar, in Dresden stand im Keller meiner Eltern noch mein Motorroller, den ich auch aus einem Schrotteil aufgebaut hatte und mit dem ich sogar gefahren war. Aber dieses Teil, was nur entfernt einem Auto ähnlich war, musste ich erst

157

einmal von allen Seiten genau kennenlernen, bevor ich mich da wirklich heranwagte. Dieser Auto-Typ wurde von 1955 bis 1959 gebaut, also hatte ich es mit einem Fahrzeug zu tun, das mindestens 23 Jahre alt war.

Der Familienzusammenhalt zu Petras Bruder und Familie stimmte. Dieter war sowieso interessiert am Aufbau des zukünftiges Autos, das diese Bezeichnung im Moment noch nicht verdiente. So kam er zusätzlich zu den Wochenendbesuchen aus Interesse oft nach dem Dienst vorbei und schaute, wie weit ich war, gab mir immer wieder Tipps, welches Problem ich wie lösen könnte. Eine große Hilfe.

Ich reinigte, wechselte die durchgefaulten Schweller aus, tauschte die A-Säule, brachte erst einmal die ganze Karosse wieder in einen ansehbaren Zustand. Entgegen kam mir, dass die Unterkonstruktion der Karosse und die Schweller im Original aus Hartholz bestanden. So hatte ich zwar für den verfaulten Schweller ein Stück Winkelstahl eingezogen, den aber mit einem Stück Hartholzplatte verkleidet. Auch die A-Säule ersetzte ich durch ein zugerichtetes Hartholzteil. Als Krönung der instandgesetzten Karosse sägte ich sogar das Heck auf und baute eine benutzbare Kofferklappe ein, durch die der Zugang zum Wageninneren möglich war. Allerdings war auch noch die hintere Blattfeder gebrochen. „Krücke", noch ein Schwager, von Beruf Kfz-Schlosser, besaß in seinem Garten eine kleine Werkstatt und erledigte viele Gefälligkeiten privat, wie auch das Schmieden und Vorspannen der Blattfeder für unseren P70.

Das Herz jeden Fahrzeugs ist der Motor. Als gelernter Maschinenbauer konnte ich damit umgehen, machte ihn wieder flott. Alle beweglichen Teile funktionierten über eine einfach anzusteuernde Mimik mechanisch, also kein Problem für einen begabten Bastler, alles so instand zu setzen, dass es gebrauchsfähig war. Die Frontscheibe einzusetzen, stellte sich als eine nervenaufreibende Fummelarbeit heraus. Ich hatte mir sagen lassen, wie das gemacht wird, es sollte ganz leicht sein, aber es gelang mir einfach nicht. Musste eine Pause einlegen, ging zu meiner Frau, die mir gerade nur durch geduldiges Zuhören helfen konnte. Dann ein erneuter Versuch. Wie von Zauberhand fügte sich plötzlich die neue Frontscheibe mithilfe des Bindfadens, mit dem ich sie unterhalb der Gummilippe in den für sie vorgesehenen Rahmen führte. Perfekt!

Nun hatte ich mir eine Pause verdient. Auch Petra, die inzwischen das Essen fertig hatte, war begeistert, als ich ihr von meinem Erfolg berichtete. Jeder gelungene Schritt bei der Restaurierung dieses alten Autos war zu feiern. Machte uns doch jeder dieser kleinen Schritte unsere Tagesaufgaben leichter. Oh, wie schön, dass nun dieser schwierige Akt mit der Frontscheibe gelungen war. Erleichtert, fast schon beschwingt ging ich also nach der Pause wieder an mein Hobby in die Garage.

Blöd nur, fand ich, dass das gebördelte Blech, das um den oberen Teil der Front-scheibe als Regenablauf verlief, an einigen Stellen abstand. Mit einem kleinen, feinen Hammer klopfte ich es vorsichtig gerade. Der Tag war lang gewesen, ich müde. Plötz-lich zersprang die Scheibe, hatte wohl ein-mal das Blech nicht getroffen.

Ich fühlte mich plötzlich dem nassen Pu-del sehr nah, stand da mit hängenden Ar-men, hätte am liebsten das Hämmerchen weit weg geschleudert. Ging schließlich ins Haus, setzte mich wortlos hin.

Petra meinte später, mein Gesicht wäre aschgrau gewesen. Sie sagte kein Wort, auch die Kinder schwiegen wie erstarrt, als sie mich so sahen. Mein geflüstertes „die Scheibe" reichte als Erklärung.

Als ich mich von meinem Schock erholt hatte, besann ich mich darauf, dass am bes-ten Tätigsein hilft, um wieder denken zu können. So reinigte ich das Auto erst einmal von den Glassplittern. Dabei fiel mir ein, dass ich vom Vorbesitzer zu der als Schrotthaufen übernommenen Autokarikatur eine Menge Ersatzteile mitbekommen hatte, die ich erst einmal sorgsam in der Garage eingelagert hatte, auch große Teile. Es war wohl eine Eingebung, die mich jetzt zu diesem Paket führte. Was zitierte meine Frau immer wieder: „Ein junger Mensch muss auch mal Glück haben!" Tatsächlich befand sich in diesem bisher wenig beachteten Paket eine zweite Frontscheibe.

Von besagtem Glücksgefühl getragen, hatte ich in nicht einmal zehn Minuten die neue Scheibe eingesetzt. Übung macht den Meister heißt es, aber nur, wenn man genug Frontscheiben hat.

Die nächsten Tage vergingen mit unzähligen kleinen Ausbesserungsarbeiten, bevor der letzte Schliff gesetzt werden musste - eine neue Lackierung. Eine Lackierwerkstatt in Anspruch zu nehmen, kam schon wegen der Kosten nicht in Frage. Außerdem hätten diese Leute uns wohl ausgelacht, mit unserem Sondermodell. Also die alte Farbe anschleifen und neue selbst raufbringen. Eine kleine feine Schaumgummirolle diente mir als willkommenes Werkzeug. Wer es nicht wusste, sah nicht auf den ersten Blick, dass dieses Auto nicht professionell lackiert worden war.

Um jedes Teil der Karosse zu erreichen, musste ich das Auto hin und wieder bewegen, also vor der Garage mal die kleine schräg verlaufende Auffahrt hinaufschieben oder herunterrollen lassen.

Lenken konnte ich dabei gut durch das offene Fenster auf der Fahrerseite. Ein letztes Mal hatte ich mein Meisterstück wohlwollend begutachtet und darüber gestaunt, was aus dem alten Teil, das wir vor einigen Wochen gekauft hatten, Schönes geworden war. Also nun ab in die Garage damit. Morgen sollte Petra das Auto auf

Straßentauglichkeit testen, denn meine freie Tagen waren schon wieder vorbei. Der Dienst rief.

Das Tor hatte offen gestanden und ein kleiner Teufel hatte mir einen Spaziergänger mit Hund geschickt, der genau in dem Augenblick neugierig unsere Auffahrt beschnüffeln wollte, als ich das Auto nur mit meiner Muskelkraft in die Garage lenkte. Stemmte mich noch mutig gegen das rollende Fahrzeug, um diesen kleinen Kläffer nicht zu überfahren, aber doch abgelenkt griff ich das Lenkrad nicht mehr fest genug. Das Auto rollte leicht schräg mit dem linken Scheinwerfer direkt auf die Hausecke neben der Garage zu. Der Hund war über alle Berge, als meine Frau zufällig genau in diesem Augenblick nach mir schaute.

Ihre Nervenstärke gibt mir heute noch zu denken. Kein Wort kam über ihre Lippen. Sicher auch deshalb, weil sie wusste, dass ich damit gestraft genug war, diesen Schaden selbst beheben zu müssen, was uns in der Fertigstellung unseres Gefährts wieder um einige Tage zurückwarf und mein Ärger ihren noch übertraf.

Also erstmal drüber schlafen. Der nächste Morgen war klüger als dieser Moment. Es stellte sich auch schnell heraus, dass Reparatur- und Lackieraufwand überschaubar waren. Die Testfahrt konnte also mit einem Tag Verspätung beginnen.

Alles ging gut. Meine Frau hatte die nähere Umgebung mit unserem neuen Schmuckstück befahren, war nirgendwo liegen geblieben. Die Ursache für den Benzingeruch im Fahrgastraum war abends schnell gefunden, eine Dichtung. Sogar bis zu ihrer Arbeit in Berlin fast direkt am Alexanderplatz ist meine Frau gefahren, hat sich nicht gescheut, das Old-Modell in einer Reihe mit Wartburg, Trabant und sogar einem Genex-Mazda zu parken, nahm die Spötteleien der Kollegen gelassen hin.

Nun endlich Jahresurlaub. Petra arbeitete das zweite Jahr in dieser

Kombinatsleitung, wohin sie ihr alter Chef und Freund Robert geholt hatte. Einer ihrer neuen Kollegen, mit dem sie vis-a-vis saß, war Mitglied der Ferienkommission. So war es Petra gelungen, rechtzeitig ihren Antrag auf einen Ferienplatz einzureichen und hatte tatsächlich einen Platz an der Ostsee bekommen: zelten direkt in den Dünen, einmalig. Gut, Vorsaison, Anfang Mai, sehr wetterabhängig, aber immerhin Tapetenwechsel und für die Kinder ideal der Zugang direkt zum Meer. Wie schön, dass wir alles ins Auto laden konnten, auch die Bettwäsche, die mitzubringen war. Die Kinder konnten auf der Rückbank schlafen während der Fahrt, also sprach nichts gegen einen Start ins Urlaubsvergnügen am frühen Morgen. Endlich entspannen und ich freute mich besonders, dass es mir entgegen meiner anfänglichen Skepsis gelungen war, dieses Auto, das nun diesen Namen zu Recht trug, so aufzumöbeln, dass wir sogar damit in den Urlaub fahren konnten, immerhin 250 km von zu Hause entfernt.

Kapitel 2 – Vorfreude

Mai 1983. Es ist wahr. Urlaubsplatz an der Ostsee. Zelt direkt in den Dünen. Ein Traum. Die Kinder werden außer sich sein. Nun noch Vergatterung durch die Ferienplatzdame im Kombinat: „Wenn Sie am ersten Urlaubstag nicht pünktlich anreisen und niemand informieren, wird der Platz sofort an den nächsten Wartenden vergeben!" Sehr kategorisch, fand ich, aber bei diesen begehrten Plätzen verständlich. Niemand lässt einen Urlaubsplatz an der Ostsee sausen, den man nur durch Nähe zu einem Mitglied der Ferienkommission bekommen hat, bei dem es üblich war, Urlaubsanträge gerollt um eine große Flasche Schnaps entgegenzunehmen.

Unser Auto ist fertig geworden. Hat einige Probefahrten bestanden. Naja, manche Leute lachen darüber. Wer kauft sich schon einen P70! Für uns war dieses überdachtes Transportmittel mit Motor wichtig, damit die

Kinder trocken in den Kindergarten kommen bei Wind und Wetter. Bisher ging alles mit Fahrrädern, aber es war schon manchmal unangenehm, wenn Manfred oder ich die Kinder mit dem Fahrrad über lange Strecken bei Wind und Wetter transportieren mussten, für uns, für die Kinder sowieso. Einmal konnte ich mich für meine einstündige Fahrt mit der S-Bahn nicht hinsetzen, weil das Wasser aus meinen Sachen tropfte. Ich musste darauf vertrauen, wenn ich stehen bliebe, dass sie bis zu meiner Ankunft in Berlin einigermaßen trocken wären. Umziehen war nicht drin. Pünktlichkeit oberstes Gebot.

Somit eine große Erleichterung, als wir den schrottreifen P70, Vorläufer des Trabant, für wenig Geld kaufen konnten. Gut, dass Manfred handwerklich sehr geschickt war und auch viel Geduld besaß für alles, was er tat.

„Ich hab gehört, dein Mann baut euch jetzt eine Schrankwand?“, hatte mich eines morgens mein Direktor empfangen. Auf mein erstaunten Blick vollendete er seine Beitrag: „Na, aus den Resten von der Karosse eures Autos, was er gerade repariert! Ha, ha, ha!"

Der Rahmen eines P70 bestand aus Hartholz, die Karosse aus Duroplaste. Ideal für einen talentierten Hobbyhandwerker, alles selbst reparieren zu können. Beim Motor half der Schwager, der in der Kfz-Branche seinen Beruf gelernt hatte.

Manfred reparierte, verfeinerte, rollte neue Farbe auf die Karosse, setzte eine neue Frontscheibe ein. Wenn er zum Dienst musste, testete ich das Fahrzeug auf Straßentauglichkeit.

Nun also Jahresurlaub an der Ostsee, im Zelt. Außer dem normalen Gepäck war auch Bettwäsche mitzubringen. Kein Problem, wir sind motorisiert!

Wie zu Zeiten, als es die Autobahn an die Küste noch nicht gab, wählen wir für unsere Fahrt zunächst die Fernverkehrsstraße 96, die traditionelle Strecke, auf der sich im Sommer Auto an Auto reihte, weil zweispurig, viel Gegenverkehr. Gelegenheit zum Überholen selten. Ab Neustrelitz dann komplett über kleinere Landstraßen. Es wird dauern. Wir entschleunigen also bereits während der Fahrt zum Urlaubsziel. Nicht ganz sicher, wie lange wir brauchen würden, fahren wir in der vierten Morgenstunde los. Es ist frisch, Anfang Mai, eine Woche vor offizieller Saisoneröffnung. In der Nähe von Dannenwalde überquert eine Eisenbahnbrücke die 96. Auf ihr ein Militärtransport Richtung Seilershof, einem Standort der sowjetischen Streitkräfte in der DDR. Morgendämmerung. Aus den umliegenden Wäldern leicht aufsteigende Feuchtigkeit. Eine Kulisse wie im Film: Wir erkennen Raketen auf langen Eisenbahnrungen trotz der sie bedeckenden Plane, die fest verzurrt ist, zu kurz für die riesigen Waffen. Jeder Waggon ist bewacht von mehreren Soldaten mit Kalaschnikow im Anschlag. Es ist die Zeit der Stationierung von amerikanischen Cruise Missiles in Westeuropa und sowjetisches SS20-Raketen im Osten, beides Atomraketen. Kalter Krieg auf dem Höhepunkt. Das Salt-II-Abkommen noch nicht in Kraft. Gruselig das Szenario. Der heller werdende Tag nicht nur für unsere Reise gewünscht.

Der dichte Wald beiderseits der Straße nimmt unsere Gedanken, unsere Beklemmung auf.

Das Auto kann eine Höchstgeschwindigkeit von 90 km/h erreichen. Wir bleiben weit darunter, haben Urlaub und Zeit. Dann doch: Der Motor fängt an zu stottern, versagt ganz seinen Dienst. Mitten im Wald bleiben wir stehen. Wir haben noch nicht einmal die Hälfte der Strecke geschafft. Mein talentierter Mann steht ratlos vor dem dampfenden Motor, kann den Schaden nicht definieren. Gut, dass wir Proviant dabei haben. Wir essen also unsere Brote, trinken Tee, nehmen die Situation gelassen.

Unsere Mädels, Deike sieben, Susanne fünf Jahre alt, scheinen die ungewollte Unterbrechung als Abenteuer zu sehen. Sie sind neugierig, wie es weitergehen wird.

Ich bleibe mit ihnen beim Auto, während Manfred erst in eine Richtung, dann in die andere geht, um irgendeine Kontaktmöglichkeit zur Außenwelt zu finden. Haben uns auf lange Wartezeit eingestellt, denn hier scheinen sich tatsächlich nur die beiden meistzitierten Fabeltiere ihr Stelldichein zu geben. Kein einziges Auto ist in dieser Zeit vorbei gekommen, kein Radfahrer.

Wo sind wir hier gelandet?

Manfred fiel ein, dass wir vor ein paar hundert Metern an einem einsamen Gehöft vorbeigefahren waren. Er nimmt Deike an die Hand, läuft mit ihr den Weg zurück. Ein ältere Frau dort kann selbst nicht weiterhelfen, gibt den Rat in Fahrtrichtung weiterzugehen bis zum Forsthaus, da gäbe es ein Telefon. Dieses Mal begleitet Susanne den Papa, der aber zunächst keinen Erfolg hat.

Es öffnet niemand auf sein Klingeln. Also zurück zum Auto, Zeit mit Warten überbrücken, darauf hoffen, dass irgendwann jemand dort sein wird. Unser geübten Spiele „Ich sehe was, was du nicht siehst!" und „Wolkenbilder erkennen" helfen uns über die Zeit hinweg. Erneuter Versuch. Ich gehe mit Deike noch einmal den Weg. Tatsächlich öffnet nun eine Frau mit Vorsicht die Tür. Ich meine Misstrauen zu spüren. Wie kommt jemand Fremdes zu Fuß in diese auf den ersten Blick trostlose Gegend und klingelt dann an fremden Türen. Wortreich beschreibe ich unser Pech, frage nach dem Telefon. Zunächst Ablehnung, dass es ja nur ein Diensttelefon des Försters sei und nicht zur privaten Nutzung zur Verfügung stehe. Mir gelingt es, sie davon zu überzeugen, dass Hilfe vonnöten ist, damit unser kaputtes Auto abgeschleppt werden kann und ich mit den Kindern noch heute irgendwie nach Prerow kommen muss, damit uns der Ferienplatz nicht verlustig geht. Inzwischen ist es Mittagszeit. Der Förster kommt nach Hause, aus dem Wald oder woher auch immer. Jedenfalls fühlt sich seine Frau nun sicherer. Ich darf das Haus betreten, sogar das gut behütete Telefon im Flur benutzen. Mein Versuch scheitert, diese Ferienkommissionsdame zu erreichen, die uns so vergatterte, ja nicht zu spät anzureisen bei Strafe der Wegnahme des Ferienplatzes. Niemand nimmt ab. Wie soll man sich also erklären im Notfall. Das hatte sie nicht dazu gesagt.

„Die darf mir nicht im Mondschein begegnen!", fallen mir Vaters Worte für solche personifizierte Wut ein.

Nun also etwas für das Auto organisieren. Ich weiß, dass es tatsächlich im Kreis Oranienburg einen Abschleppdienst mit Sitz in Bergfelde gibt. Hosianna! Ich habe Erfolg bei der Telefon-Auskunft der Deutschen Post. Man sagt mir die Nummer durch. Wie nun weiter, denn es ist ja noch meine Weiterreise mit den Kindern an die Ostsee zu klären.

Durch das Fenster des Forsthauses hatte ich bei seinem Betreten ein Haltestellenschild für einen Bus entdeckt, direkt gegenüber. Ja, mit dem Bus könnten wir fahren, meint der Förster, direkt nach Neubrandenburg. Zuversicht stellt sich ein. Von früheren Fahrten an die Küste war mir in Erinnerung, dass die Luft in Neubrandenburg schon fast wie Ostsee roch. Eine trügerische, von viel Hoffnung gesteuerte Erinnerung. Aber eine Chance. Nun herausfinden, wann der Bus fährt. Na gut, noch eine Stunde warten. Welches Glück im Unglück, dass hier mitten im Wald ein Bus fährt mit direkter Verbindung in die Bezirkshauptstadt. In der Zeit können wir noch beieinander bleiben. Manfred versucht, den Abschleppdienst zu erreichen, was ihm auch gelingt, aber es ist nur die Frau des Abschleppers da. Ihr Mann sei unterwegs und meiner solle später noch einmal anrufen, so in einer Stunde. Eine Wahl haben wir nicht. Die Kinder links und rechts, in jeder Hand eine Reisetasche trabe ich zum Bus. Der hält tatsächlich, wir bekommen einen Sitzplatz. Ein erhebendes Gefühl stellt sich ein, sich fahrenderweise wieder auf dem Weg zu unserem Traum-Urlaubsziel zu befinden.

Wie wird es in Neubrandenburg weitergehen? Der Bus fährt tatsächlich bis zum Bahnhof Neubrandenburg, also keine schwere Übung, sich einen Zug herauszusuchen, der uns bis an die Ostsee bringt. Oh, was für ein kleiner Bahnhof für eine Bezirkshauptstadt. Da ist unser Bahnhof in der Kleinstadt Oranienburg größer. Doch tatsächlich, es fährt noch ein Zug, gegen zwanzig Uhr nach Stralsund. Immerhin. Noch drei Stunden warten. Die Zeit im und um den Bahnhof herum totschlagen, vielleicht eine Bockwurst essen, eine Limo dazu trinken. Die Geduld meiner kleinen Töchter ist grenzenlos. Was habe ich für liebe Kinder. Es gibt hier keine Bockwurst, keine Limo, nicht einmal einen geschlossenen

Imbissstand. Welche Vorstellungen habe ich denn?!

Langeweile, Leute beobachten. Wir sind müde. Keine Energie mehr uns gegen irgendetwas aufzulehnen, nicht mal gegen die übelriechenden Toiletten, deren Benutzung sich in dieser langen Zeit nicht vermeiden lässt. Was mich bewegt hat, den Zug nach Stralsund zu wählen, weiß ich selbst nicht. Vermutlich der Gedanke, Stralsund ist schon Ostsee. Andererseits fahren heute von hier keine anderen Züge mehr in diese Richtung.

Wie mag es meinem Mann, dem Papa der Mädels gehen. Hängt er noch im Wald fest oder hatte er Glück mit dem Abschleppdienst? Ich vertraue auf seine Findigkeit. Irgendwie wird ihm eine Lösung eingefallen sein.

So, endlich können wir weiterfahren. Der Zug trödelt die Strecke lang, hält in jedem kleinen Ort. Es ist nach zehn Uhr abends, als wir in Stralsund ankommen. Auch hier keine Möglichkeit, sich aufzuhalten. Außerdem müssen wir ja noch vor Mitternacht in Prerow sein, damit uns der Ferienplatz nicht weggenommen wird. Die Ansage der biestigen Kollegin von der Ferienkommission sitzt mir im Nacken. Ich stehe also mit meinen beiden tapferen Mädels vor dem Bahnhof Stralsund, in der halben Nacht. In diesem Moment packt mich die Aussichtslosigkeit der Situation so beim Schopf, dass mir die Tränen die Wangen herunterlaufen. Meine Kinder schauen mich erstaunt-erschrocken an. So etwas kennen sie von ihrer Mutti sonst nicht. Mir geht unser Urlaubsbudget durch den Kopf. Gegenüber vom Bahnhof sehe ich ein Hotel. Sollte ich das schier Unlösbare versuchen, als DDR-Bürgerin mit zwei Kindern fast schon um Mitternacht dort ein Zimmer zu bekommen? Meine Erfahrungen mit Hotels sind nicht nennenswert. Was man sich darüber erzählte, überzeugt mich, dass diese von mir vage angedachte Möglichkeit auszuschließen ist.

Was noch? Taxe? Würde teuer werden. Aber was bleibt mir sonst? Ich sehe mich um. Dort steht wirklich eine Taxe. Wer hat die geschickt? Habe ich einen himmlischen Beschützer? Ich gehe mit Kindern, Sack und Pack hinüber zu dem gelben Gefährt. Als ich dem Taxifahrer mein Ziel nenne, überschlägt er sich vor Freundlichkeit und Diensteifer. Lädt behände die Reisetaschen ein, kümmert sich darum, dass die Kinder ordentlich sitzen. Ab geht die nächtliche Fahrt. Wie weit es wirklich ist und ob er die günstigste Strecke fährt, weiß ich zum einen nicht, zum anderen ist es mir egal. Hauptsache, ich käme mit meinen schlaftrunkenen Mädels endlich ans Ziel. Nach einer guten Stunde fahren wir langsam auf einen Schlagbaum zu, der sich wie von Zauberhand öffnet. Bass erstaunt bin ich nun, dass der freundliche Taxifahrer uns fast bis ans Zelt gefahren hat, das in den Dünen steht. Er geht sogar zu jemand, von dem ich nicht gewusst hätte, dass ich ihn überhaupt

180

suchen muss. Holt von ihm den Schlüssel für das Vorhängeschloss sowie ein „Blaues Buch!!!" zu unserem Zelt ab. Gut, dass ich diesen lieben Chauffeur getroffen habe, der alles zu wissen scheint, was man wissen muss, um hier anzukommen und zu unserem nun heiß ersehnten Schlafplatz. Ich bezahle den Mann, gebe ihm ein Trinkgeld. Beglückt gehe ich mit den Mädels zu dem Zelt, das mir der Mann zuweist, den der Taxifahrer mobilisiert hat. Sogar die beiden großen, schweren Reisetaschen hatte der Taxifahrer schon an unser Quartier gebracht.

Der Mann, der so etwas wie ein Platzwart zu sein scheint, begleitet uns. Gibt noch einen Hinweis, wie der Propan-Gasheizer zu bedienen ist. „Alles andere dann morgen früh", sagt er und geht schlafen.

Auch ich beschließe, alles Weitere auf den nächsten Tag zu verschieben.

Kalt ist es, müde sind wir, also nur noch ausziehen und in die Betten kriechen. Zwei „Schlafkabinen" gibt es, jeweils links und rechts am äußersten Zeltrand gelegen. Auf den Campingbetten liegen die Schlafsäcke, die wir nun erst einmal ohne Bettwäsche benutzen müssen, weil die ja im Auto liegt. Schon beim Betreten der Kabinen schlägt mir ein strenger Geruch entgegen. Als ich die Schlafsäcke öffne, damit wir schnell hineinkriechen können, verstärkt sich der Geruch. Ich definiere ihn als Schweißfuß, vermutlich in mehreren Jahren in die Schlafsäcke eingetragen, die ebenso vermutlich niemals gereinigt wurden. Mein Magen hebt sich leicht an. Mitternacht ist vorbei, übel ist mir, müde bin ich, ein Kampf der Gefühle. Die Kinder müssen schlafen, ich auch, also kriechen wir vorsorglich in Trainingsanzügen in dieses Etwas von Wärme versprechenden Teilen. Die Mädels schlafen schnell ein. Meine Gedanken kreisen um Manfred und das kaputte Auto, bevor Morpheus mich in seine Arme nimmt.

Oh nein! Mein erster Gedanke beim Erwachen. Der eklige Geruch ist noch immer da.

Also raus da, jetzt im Hellen erst einmal die Lage sichten.

Es ist immer noch saukalt. Mir fällt der Propan-Gasheizer ein. Er steht auf dem „Flur" zwischen dem Küchen- und Wohnteil des Zeltes. Wenn ich ihn betreiben will, muss ich die Zeltbahn hochbinden, die zwischen beiden Zeltteilen als Kälteschutz hängt. Der Schlauch von der Gasflasche zum Heizer ist so kurz, dass dieser direkt auf der Grenze zwischen den beiden Zeltteilen steht. Die heiße Luft, die er erzeugt, wird durch den Luftzug zwischen den Zeltteilen weggeblasen. Sie kommt nicht da an, wo wir uns aufhalten. Nonsens diese Konstruktion. Der auflandige Wind lässt nicht nach. Er bläst alles durch. Hier kann sich keine Wärme halten.

Meine Mädels sind brav wie sonst nie, nehmen unsere Situation völlig gelassen hin. Als der Taxifahrer uns in der Nacht fast bis ans Zelt fuhr, hatte ich ein paar Gebäude gesehen, ein Versorgungskomplex für diesen Campingplatz. Wir ziehen uns an. Laufen dorthin, wo wir Sanitäranlagen und eine Kaufhalle vermuten. Richtig.

Milch und Brötchen sind gesichert, auch Toilettenbenutzung und Katzenwäsche. Als wir zum Zelt zurückkommen, wartet schon der Platzwart. Er erläutert mir die Wichtigkeit des „Blauen Buches", in das wir unsere An- und Abreise einzutragen hätten, sowie eventuelle Vorkommnisse mit dem Zelt. Der Mann ist freundlich und überrascht, dass ich mit meinen Kindern allein angereist bin. Irgendwann, wenn Manfred eine passende Zugverbindung gefunden hat, würde er schon den Weg hierher finden. Dann wäre diese Situation aufgeklärt. Ich frühstücke mit den Kindern. Die Mädels können es kaum erwarten, endlich das Meer zu sehen.

Das Zelt steht mit seinem Eingang landwärts, also laufen wir einmal herum und keine 50 m bis zum Spülsaum der Ostsee. Die Kinder sind so begeistert, endlich das Wasser zu sehen, dass Susanne nicht Halt macht und mit Schuhen direkt ins Wasser läuft.

Auch das noch. Es ist kalt, der Himmel bewölkt. Hin und wieder schafft es die Sonne zwischen den Wolken etwas Freundlichkeit in diesen eisigen Vorsaisontag zu bringen. Wir müssen zurück zum Zelt, Susannes nasse Schuhe und Hosen wechseln. Beide lege ich aufs Zeltdach in der Hoffnung, dass der Wind das Wasser rauspustet und die gelegentlich durchblitzende Sonne den Rest trocknet.

Kapitel 3 – Nachtarbeit

Glück im Unglück, dass es uns ausgerechnet hier getroffen hatte. Forsthaus mit Telefon in der Nähe und eine Bushaltestelle gleich dabei. Nun sind meine Mädels also mit dem Bus auf dem Weg nach Neubrandenburg. Petra fällt bestimmt etwas ein, wie sie von dort aus mit den Kindern weiterkommt bis zum Zeltplatz nach Prerow.

Mal sehen, wann der Abschleppdienst hier ankommt. Nach meinem letzten Anruf vor zwei Stunden hatte der gute Mann mir versichert, so schnell wie möglich hier zu sein. Ach, was sehe ich, tatsächlich kommt nun ein gelbes Abschleppauto angefahren. Der Mann will schnell wieder zu Hause sein, also hält er sich nicht mit langen Gesprächen auf, hievt den P70 auf die Ladefläche und los geht die Fahrt. Der Abschlepper, in dessen Fahrerkabine ich zwangsläufig einsteige, ist keine Quasselstrippe, genau wie ich. Nur das Notwendigste geht über unsere

Lippen. Ab und zu fallen mir die Augen zu. Nach fast zwei Stunden sind wir da, wo wir heute früh um vier losgefahren sind – zu Hause. Dank an den zuverlässigen Mann und erst einmal ins Haus, nachdenken, wie es jetzt weitergeht. Die Reisetaschen, vollgepackt mit unseren Sachen hat Petra mitgenommen. Wir haben nur die zwei. Die Bettwäsche liegt mit Decken geschützt noch im Auto. Irgendwie muss ich die morgen mitnehmen. Meine Frau hatte mir noch geraten, mir von ihrer Bruderfamilie eine Reisetasche auszuborgen. Der Abend ist zwar schon fortgeschritten, aber es handelt sich um einen Notfall. Irgendwie muss ich die Wäsche morgen im Zug mitnehmen. Also mit dem Fahrrad ins Dorf zu Dieter und Familie, die natürlich sehr überrascht sind über meinen spätabendlichen Besuch. Sitzen schon vor dem Fernseher und haben es sich gemütlich gemacht. Als ich von unserer Autopanne im Wald hinter Neustrelitz berichte und nach einer Reisetasche frage, steht Dieter wortlos auf, läuft in die Küche zum Kühlschrank. Er kommt mit dem „Kommodenlack", unserem Familienkräuterlikör und Gläsern zurück. Dieses Pech von heute lässt sich im Moment nur damit ertragen. Ein Schnäpschen, noch eins. Es löst die Zunge und setzt Gedanken in Bewegung, die abenteuerlich klingen.

„Du weißt ja, ich bastle immer etwas herum und lege mir gern Teile für das Auto hin. Man weiß ja nie", sagt mein sonst eher zurückhaltender Schwager. „Zufällig habe ich vor ein paar Wochen einen P70-Motor preiswert kaufen können und ihn peu a peu repariert. Er steht jetzt fertig bei mir im Schuppen. Was hältst du davon, wenn wir uns dieses Teil in mein Auto laden und es zusammen in dein Auto einbauen?"

Konnte ich meinen Ohren trauen?

„Wie, jetzt? Du hast einen Motor fertig zu stehen? Den willst du mir geben für mein Auto?"

Die Sätze tropfen träge, ungläubig. Mutig, vielleicht auch wegen des „Kommodenlacks" freunde ich mich mit dem Gedanken an. Dieter ist der selbstloseste Mensch, den ich kenne, was er in diesem Augenblick wieder beweist.

Es ist fast zehn Uhr abends. Dieter ist Polizist und ich kenne ihn nur als immer korrekten Beamten. Dass wir eben eine halbe Flasche Kräuterlikör zusammen geleert haben, vergessen wir völlig bei unserem kühnen Vorhaben, laden Dieters Motor in sein Auto. Ich fahre mit dem Fahrrad voraus, Dieter mit seinem Auto hinterher.

Ich hatte es noch geschafft, mein Auto in die Garage zu rollen. Welch ein Glück, so einen Schwager zu haben. Hilfsbereit, fachkundig und ohne an die eigene Befindlichkcit und in diesem konkreten Fall an den folgenden Tag zu denken, wechselt er mit mir zusammen den Motor.

Noch beim Montieren ahne ich, dass diese Nacht unvergesslich bleiben wird.

In den ersten Morgenstunden des nächsten Tages haben wir es geschafft. Die Probefahrt auf der Straße vor dem Haus gelingt. Mein Schwager verabschiedet sich mit guten Wünschen für meine Familie und meine Fahrt zu ihr an die Ostsee. Mein Dank fällt bescheiden aus, aber mit dem Versprechen, mich baldmöglichst für seine Hilfe zu revanchieren.

Die Kälte der Nacht und die Müdigkeit stecken mir in den Knochen. Kurze heiße Dusche und nun? Was soll ich jetzt allein zu Haus. Das Auto läuft mit dem neuen Motor besser als je zuvor.

Also noch einen starken Kaffee „türkisch", dann sitze ich wieder am Steuer auf dem Weg zu meiner Familie.

Ich fahre dieselbe Route wie gestern. Der Motor surrt wie das sprichwörtliche Bienchen. Kein Stottern, kein Benzingeruch. Je länger die Fahrt dauert, umso entspannter werde ich. Meine Müdigkeit überbrücke ich mit Zigaretten rauchen. Erleichtert komme ich in Prerow auf dem Parkplatz an, frage wahrscheinlich gleich den richtigen Mann nach unserem Zelt, denn er weiß sofort wohin ich gehen muss.

Auf dem Zelt sehe ich eine Hose und Kinderschuhe liegen und vom Wasser her kommt meine Frau mit den Töchtern angelaufen und lamentiert mit Susanne, dass das jetzt das zweite Paar Schuhe sei, das nass ist und dass man nicht mit Schuhen und völlig angezogen in die Ostsee laufen kann.

Ich freue mich, das erstaunte, aber dann strahlende Gesicht meiner Frau zu sehen, als sie mich erblickt. „Wie kann das sein, wo kommst du jetzt her, wie hast du das geschafft? Wie schön, dass du da bist!" Wir halten uns in den Armen, wie in unseren ersten verliebten Tagen. Die Kinder nehmen es als selbstverständlich hin, dass der Papa nun auch da ist, mit dem Auto. Der Urlaub kann beginnen. Wenn ich ausgeschlafen habe, denn jetzt holt die Müdigkeit mich ein.

Kapitel 4 – Ostseeversprechen

Seit ich als Kind mit zwölf Jahren das erste Mal an der Ostsee war, die reine Luft atmete, das salzige Wasser schmeckte, den feinen Sand zwischen den Zehen fühlte, war meine dauerhafte Sehnsucht dorthin geboren.

Dieser Urlaubsplatz ist ein Versprechen an unsere Töchter, Besonderes zu erleben.

Das Wetter bleibt wie es ist. Der auflandige Wind schneidet mit kalter Schärfe Unmut in unsere Gesichter. Unsere Übergangsjacken schützen uns nicht. Dauerfrieren.

Als Manfred, nachdem er geschlafen hat, den Schlosser sucht, um ein Stück Auspuffanlage festschweißen zu lassen, dessen Klappern er unterwegs ab und an bemerkte, begleiten wir ihn auf dem Weg hinter den Dünen. Ein breiter Streifen Küstenschutzwald bricht hier den Wind. Wohlbefinden stellt sich ein in der Sonne, die hier tatsächlich wärmt. Die angenehmen Frühlingstemperaturen, die in den letzten Tagen vor Reiseantritt unsere Erwartung auf einen schönen Aufenthalt am Meer nährten, spüren wir nun wieder. Scheint doch nicht so schlimm zu sein.

Nach dem Schlosserbesuch laufen wir zurück zum Zelt. In den Dünen angekommen, trifft uns der kalte Nordost mit unverminderter Kraft, bläst uns jeden Sonnenstrahl aus Kleidung und Gemüt. Ans Wasser möchte niemand gehen Die Kinder wollen nicht einmal im Sand spielen.

Wir suchen Schutz im Zelt, aber auch hier lässt der Wind uns nicht in Ruhe, rüttelt an Wand und Dach, findet jede undichte Stelle. Einen nochmaligen Versuch, den Propan-Gasheizer seinen Dienst tun zu lassen, brechen wir ab. Unterwegs hatten wir an dem kleinen Imbissstand Broiler gegessen. Die Kochecke im Zelt verschmähe ich beleidigt über die unwirtlichen Umstände. Der erste Tag nach unserer Ankunft vergeht schnell.

Am nächsten Tag noch einmal ein Versuch, die Gegend zu erkunden, uns alle zu motivieren, diesem Urlaub bei diesem Wetter etwas Positives abzuringen. Susannes Schuhe sind noch immer nicht ganz trocken. Neukauf ausgeschlossen. Die nächste Stadt mit Geschäften ist Rostock. Der Aufwand, dorthin zu fahren nicht vertretbar.

Also nach einem ausgedehnten Spaziergang hinter dem Küstenschutzwald der Gang zum Imbiss, um wenigstens etwas Warmes zu essen.

Zelt in den Dünen: Was für ein Traum bei Sommer-Sonnen-Wetter und zum Baden einladenden Wassertemperaturen. Diese Zeit hier ist nicht unsere. Die Lufttemperaturen steigen nicht über siebzehn, fühlen sich an wie sieben Grad.

Unsere Bettwäsche hatte ich als Berührungsschutz in die Schlafsäcke hineingesteckt. Zum Schlafen steigen wir also in unsere Bettbezüge. Die widerlichen Steppteile müssen wir weiter nutzen, sind nicht darauf vorbereitet gewesen, auch die noch von zu Hause mitzubringen. Wir sind keine ausgesprochenen Camper. Laut Einweisung der Ferienkommissionskollegin sollte hier alles sein, was wir brauchen. Vom Zustand war keine Rede. Ob sie wohl mal eine Nase genommen hatte von dem Duft der Schlafsäcke, nur so zur Probe?

Gut, dass ich für alle lange Schlafanzüge eingepackt hatte. So vorbereitet scheint uns auch die kommende Nacht nichts anhaben zu können. Bis dahin ist noch Zeit. Rauszugehen haben bei diesen Temperaturen noch nicht einmal die Kinder Lust. Wie sollen wir hier warm werden? Ich stelle jeweils zwei der Campingstühle gegenüber, eine Gruppe für die Mädels, eine Gruppe für Manfred und mich. Wir steigen in die mit den Bettbezügen präparierten Schlafsäcke und legen die Beine jeweils bei unserem Gegenüber seitlich auf den Campingstuhl. So verbringen wir einige Zeit mit Vorlesen und Geschichten erzählen, bis es Zeit ist, schlafen zu gehen, die Kinder in ihre Kabine, wir in unsere.

Die Mädels haben zum Glück einen unschuldigen, problemlosen Schlaf.

Manfred und ich hingegen sind mit den Gedanken beschäftigt, diesen Urlaub noch zu einem wirklich schönen Erlebnis für uns alle werden zu lassen. Wir sind uns einig, dass wir nicht die ganze Woche hier in der Kälte, bei schlechter Luft, unhygienischen Zuständen aushalten wollen. Darüber schlafen auch wir ein, bis uns zunächst ein deutliches Donnergrollen weckt, dann Regen, der immer stärker auf das Zelt prasselt. Blitze leuchten in schneller Folge, das Donnerknallen ohrenbetäubend. Die Kinder kommen aufgeregt ängstlich zu uns getapst, kriechen mit in unsere Schlafsäcke. Allmählich lassen die Naturgewalten nach. Es regnet gleichmäßig. Das Donnergrollen scheint abzuziehen, die Frequenz der Blitze nimmt ab. Überstanden!

Weit gefehlt. Das Unwetter kommt zurück. Mit unverminderter Kraft toben die
Elemente. Wir dürfen uns nicht vorstellen,
wie es uns gehen könnte, wenn der Sturm
das Wasser in die Dünen trägt oder das Zelt
zerfetzt wird. Doch das Zelt ist fachmän-
nisch aufgebaut und verzurrt, merken wir
nun. Wenigstens das! In regelmäßigen Ab-
ständen schwillt das Gewitter ab und nimmt
dann wieder Fahrt auf, scheint für jede
Rückkehr Kraft auf dem Meer getankt zu
haben. Es tobt bis in die ersten Morgenstunden, kommt scheinbar nicht aus dieser
Bucht heraus. Die Kinder fragen ängstlich,
wann das endlich aufhöre und wir nach
Hause fahren.

Das Stichwort: Nach Hause! Wir versuchen noch zu schlafen, bis es hell wird. Können es kaum erwarten aufzustehen und unsere Sachen zu packen. Der Aufbruch hat
etwas von Flucht. Den Schlüssel vom Vorhängeschloss abgeben beim „Platzwart", das

„Blaue Buch" vergessen wir im Zelt. Er wird es finden.

Mit bester Laune und Vorfreude steigen wir in unser Auto. Kein Maulen hören wir von der Rückbank. In einem kleinen Dorf, kurz vor der Bezirksgrenze zu Potsdam essen wir ein wunderbares Goulasch als Willkommensgruß in heimatlichen Gefilden. Da wir es wieder vorgezogen haben, über Landstraßen zu fahren, das Tempo der Motorstärke unseres Gefährts angemessen, verfahren wir uns tatsächlich an einer Kreuzung und ich führe meinen Mann mit der Landkarte auf dem Schoß. Wir landen in östlicher Fahrtrichtung, sind weit Richtung Nordosten. Mit dem Karte lesen habe ich keinerlei Probleme, doch heute fällt mir die Orientierung besonders schwer, bis ich endlich merke, dass ich die Karte falsch herum halte. Wie blöd! So etwas ist mir noch nie passiert, doch statt uns zu ärgern, lachen wir alle darüber, auch wenn wir nun noch eine halbe Stunde später zu Hause ankommen, aber Hauptsache das!

Der P70 hat doch noch seine Feuerprobe bestanden und wir sehen entspannten Urlaubstagen entgegen, zwar ohne Ostsee, aber in anheimelnder Atmosphäre der eigenen vier Wände, einem Garten, in dem der Frühling seine lieblichsten Zeichen setzt und mit vor der Haustür liegenden Abenteuern in der Kleinstadt am Rande Berlins.

Luise hat eingeladen zum Leseabend mit Fingerfood. Der Tisch gedeckt, die Gläser gefüllt, alle Gäste der Einladung gefolgt.

Nicht nur die üblichen Literaten waren aufgefordert, dem vertrauten Kreis ihre neuesten Texte vorzustellen. Auch die Gäste, die sonst nur zuhörten, hatte Luise beim letzten Treffen gebeten, etwas zum Besten zu geben. Lissi könne zum Beispiel über ihre Reise nach Ghana berichten. Bestimmt ein interessantes Thema: Eine traditionelle Stammeshochzeit, die nach standesamtlicher und kirchlicher Trauung in Berlin in der Heimat der Braut als Pflichtzeremonie nachgeholt werden musste. Eine Herausforderung für die Berliner Familie ihres Neffen. Lissi hatte zugesagt ein Reisetagebuch zu führen.

„Fang du doch einfach mal an, Lissi. Wir sind schon alle sehr neugierig auf deine Reiseerlebnisse!"

„Soll ich wirklich?", fragt die und denkt: ‚So einfach mache ich das nicht. Zweimal kann sie mich schon bitten. Wenn ich hier schon lese als Einzige, die professionell Schreiben gelernt hat. Hatte mir für heute nur vorgenommen, das Echo zu prüfen. Vielleicht lasse ich mich doch noch ein auf Belletristik. Zwar hätte ich gern erst von den in Speck ummantelten Pflaumen gegessen und etwas Salat, aber jetzt muss ich wohl.'

Bärbel starrt Lissi an. ‚Mein Gott, was ziert die sich heute wieder. Will uns beweisen, dass sie die Beste ist in allem; im Reden, im Schreiben, natürlich auch im Essen. Das lässt sie auf keinen Fall aus. Mal sehen, ob sie heute zum Schluss wieder aus der großen Salatschüssel isst.'

„He, Bärbel, wo bist Du denn mit Deinen Gedanken?", fragt Luise. „Du kannst es wohl kaum erwarten, dass Lissi anfängt."

‚Verdammt, war es mir so deutlich anzusehen, was ich denke?' Bärbel setzt ein etwas schiefes Lächeln auf.

„Wenn wir jetzt noch länger warten müssen, bis du liest, wird das Essen kalt und die anderen haben nicht mehr genug Zeit."

Deutlich gibt Franz seiner Frau Lissi zu verstehen, dass sie sich nun nicht mehr länger bitten lassen sollte. Peng, das saß.

,Oh man, das hätte ich mir aber auch anders vorgestellt, so einen Leseabend. Was für Befindlichkeiten haben die denn alle. Sind wir hier zum Lesen oder zum Essen oder um kleine Gemeinheiten loszuwerden. Na, gut, ich muss die alle erst richtig kennenlernen. Dass ich hier auf der Hut sein muss, weiß ich aber schon nach den ersten zehn Minuten. Das ist nicht so eine freundliche Leseveranstaltung wie im Café, wo am Ende alle lächeln, applaudieren, ihren Latte Macchiato bezahlen und schnell nach Hause gehen', denkt Elfie und an ihre spaßigen Geschichten über die Bewohner der kleinen Küstenstadt „Sievershus", die sie seit Jahren zur besten Unterhaltung ihres

Publikums in Szene setzt. ‚Ob meine Geschichten überhaupt hierher passen?'

Mona flüstert ihr derweil ins Ohr, dass die mit ihren Afrikageschichten sich nicht so betteln lassen soll, was denke die denn, wer sie sei. „Ah, jetzt fängt sie an." Auch Mona ist das erste Mal in dieser Runde dabei und hat Bedenken: ‚Ich hätte meinen Text für heute wohl doch noch mal überarbeiten müssen. Was die da aus Afrika vorliest, hört sich richtig gut an, druckreif. Richtige Plots hat sie auch. Echte Rituale beschreibt die. Man oh, man! Die scheint wirklich was vom Schreiben zu verstehen. Was hat Luise gesagt, Journalistin ist die. Na, kein Wunder, dann hat sie das ja richtig studiert, das Schreiben. Ob ich das jemals schaffe zu Papier zu bringen, was ich mir vorgestellt habe!'

Mona kann ein leises Seufzen nicht unterdrücken.

Eberhard, müde nach dem langen Tag im OP-Saal, hat den Kopf weit in den Nacken gelegt, die Augen geschlossen. War in Gedanken noch immer bei dem Patienten, dem die Krankenkasse den Transport nach Hause nach der ambulanten OP verweigerte. Das gäbe wieder Auseinandersetzungen.

Er spürte seinen Magen. Seit dem Morgen hatte er außer Wasser nichts zu sich genommen. Freute sich auf den Abend, auf das gute Essen bei Luise, die entspannte Stimmung, die eine oder andere literarische Überraschung. Mit Carola hatte er auf dem Weg hierher mal wieder einen Strauß ausgefochten, weil sie ihren Sport über alles stellte und heute lieber zum Badminton mit ihrer Freundin gegangen wäre. Jetzt zickt auch noch Lissi. Na, die kriegt sich schon wieder ein, brauch eben immer ein paar extra Streicheleinheiten.

Auf Elfi ist er neugierig. Eine gepflegte Dame in fortgeschrittenem Lebensalter und lustig drauf, wie es schien. Luise hatte schon von ihr berichtet, ihrem Talent für subtilen Humor, reif und unprätentiös, die Schreiberin selbst und ihre Geschichten, dabei immer mit Tiefgang. Für seine heutige Stimmung das, was er brauchte.

Luise, ganz Gastgeberin, aufmerksam und freundlich zu jedermann. Etwas angestrengt in dem Bemühen, die Stimmung nicht in die falsche Richtung kippen zu lassen. Sie ist mit Bernhard eingespielt, gibt ihm mit unauffälligen Blicken zu verstehen, wenn Wein nachzuschenken ist, weist die Leserunde auf die Antipasti hin, die mit Spargel gefüllten feinen Rinderzungen-Scheiben und das rosa gegarte Roastbeef.

Alle sind gut versorgt und miteinander beschäftigt.

Keine Aufforderung zum Lesen mehr nötig, keine Moderation. Die Schreiberinnen lesen gern vor, bekommen Applaus, antworten gern auf Fragen zum Entstehen und Umsetzen der Texte.

Luise driftet ab mit ihren Gedanken.

Ob sie heute auch noch zum Lesen käme, ist nicht sicher. Vor lauter Vorbereitung für diesen Abend hatte sie ihre letzte Geschichte wieder nur schnell „zusammengenagelt".

Literatur ist das nicht, befand sie schon beim Nacharbeiten, von dem Ehrgeiz getrieben, immer einen neuen Text zu präsentieren. Bloß keine alten Geschichten aufwärmen. Dabei fehlt es ihr immer wieder an ausreichend Zeit, sich tatsächlich intensiv mit dem Schreiben zu befassen.

Drei Jahre her, dieser Abend. Die Pandemie hatte die Reihe unterbrochen.

Die Familienverpflichtungen blieben, noch immer keine Zeit für Träume.

Wenig hat sich geändert an Bernhards Spruch, der ihr wieder und wieder in den Ohren klingt: „Das kannst du alles machen, wenn du mal in Rente bist".

Sie ist nun schon lange zu Hause. Die richtige Muße zum Schreiben fehlt noch immer. Ihre Zeit als engagierte, berufstätige Frau und Mutter, die zwei Töchter großzuziehen hatte, liegt weit hinter ihr. Ein Stück Leben, in dem sie niemals Zeit für sich selbst, doch immer wieder das Bedürfnis hatte, die vielen Geschichten aus ihrem Kopf zu Papier zu bringen. Ihren Traum vom Schreiben vergaß sie zeitweise, wenn der Druck zu groß, kaum Zeit zum Ausschlafen war. Bis zu dem Punkt, als sie sich rettete aus diesem Dauerstress, um nicht daran zu zerbrechen. Sie meldete sich in einem Schreibkurs an und war für die zwei Stunden der wöchentlichen Kurse für niemanden zu erreichen – Auszeit vom Leben.

Dieses Hobby gestand ihr die Umwelt irgendwann zu. Doch weiter gesteuert durch Aufgaben, denen sie sich nicht versagen konnte, blieb das Schreiben ein Traum, bis sie ihn irgendwann ganz in Frage stellte. Bedeutendes würde sie nicht mehr verfassen, niemals veröffentlichen. Also abschmelzen die idealistischen Vorstellungen, Ziele anpassen.

Familienchroniken haben auch ihren Wert.

Der vor vielen Jahren geworfene Rettungsanker für eine Ausbildung zur Poesiepädagogin half am Thema zu bleiben, nicht mehr locker zu lassen. Werkstattarbeit als Kraftquell und Freudenspender.

Die Leseabende im Freundeskreis hatten Geist und Seele belebt, bis die Pandemie alles aushebelte.

Jahre sind vergangen. Die Kraft lässt nach. Wie schön, als ein Schreibfreund sie zehn Jahre jünger schätzt. Mut entsteht, weiterzumachen. Vielleicht gibt es ja bald wieder einen „Leseabend mit Fingerfood".